推しヒロインの悪役継母に転生したけど
娘が可愛すぎます

ロゼッタ
腹違いの妹に婚約者を奪われ、
年上、病弱の成り上がり貴族に嫁がされた令嬢。
突然、前世の記憶を取り戻したことで、
夫の娘が乙女ゲームの推しヒロインであると気づき、
彼女が命をかけないと国が滅びると知る。
そんな苦労を娘にさせたくないため、
ゲームに出てきた救世主フラグを折ろうと奮闘!
ステラ
ロゼッタが結婚した旦那の娘。
実は乙女ゲームの主人公で、
大変な苦労をして国を救わなければ
いけないという運命を背負っている。
Characters

コンラッド
ロゼッタの元婚約者。
ロゼッタを裏切って
彼女の妹と結婚する。
クリスティナ
ロゼッタの腹違いの妹。
性格が悪く、コンラッドを
姉から奪う。
ピーター
ロゼッタの夫でステラの父。
病弱で、余命いくばくもない。
ヒュー
謎の商人……の振りをした、
ロゼッタの住む国の隣国である帝国の皇帝。
ゲームではステラの攻略対象なのだが、
何かとロゼッタにつきまとっている。
ヴィリ
ステラの孤児院での幼馴染で、
彼女に想いを寄せている少年。
ゲームではステラの攻略対象の一人。

敗北悪役令嬢

「君との婚約は破棄させてもらうよ、ロゼッタ。半分しか血が繋がらないからと妹を虐めるような女との結婚など、冗談ではないからね」

コンラッドは冷たく吐き捨てた。

これでも幼馴染みで、小さな頃は仲良く遊んだ記憶もある。だが、ロゼッタを屋敷まで呼び出して、自分の要求を突きつける彼の灰色の目はどこまでも無感情だった。

コンラッドはバルテル男爵家の次男だ。

小さいが領地を有する由緒正しい家柄で、母親同士の仲がよかった。

二人は母親同士の口約束で生まれた時から婚約していたようなもので、ロゼッタはいずれコンラッドと結婚すると信じて疑っていなかった。

しかし、ロゼッタの母が亡くなり、父が再婚してから雲行きが怪しくなっていった。

半分血の繋がった庶子の妹――クリスティナは、父親似の銀色の髪を持つとても美しい少女だ。

それに引き換え、ロゼッタは痩せぎすの、母親譲りの赤毛の娘である。

青白い肌にはそばかすが浮いていて、十歳の頃にクリスティナが屋敷にやってきてその滑らかな白い肌を見てからは、化粧でそばかすを隠すようになった。

父はクリスティナばかりを可愛がるようになり、継母はロゼッタを避けた。

はじめは父に甘えようとしていたロゼッタだが、邪険にされることが増え、やがてありとあらゆる望みを呑みこみ、周囲の顔色をうかがうようになった。

コンラッドもクリスティナに惹かれていったが、亡きロゼッタの母との友誼を重んじる彼の母によって、ロゼッタとの婚約は継続された。

その頃は、クリスティナはコンラッドに興味がなかった。だが、コンラッドの兄が死んでバルテル男爵家の家督がコンラッドに移ると目の色を変えるようになった。

だからこそ、ロゼッタはすでに手を打っていた。

「結婚式こそまだだけど、私達はすでに教会に婚姻届を出しているわ。婚約の破棄なんてもうできないのよ、コンラッド」

自分を嫌うコンラッドと結婚しなくてはならないなんて憂鬱だったが、ロゼッタには他に居場所がない。

神の代弁者である教会での誓いは、この世界では絶対である。

それを盾にするような真似をしてでも、コンラッドとの結婚のほうが家にいるよりはましなのだ。

少なくとも亡き母との友情を大事にしてくれる、コンラッドの母親がいる。

「そのような事実はなかったことになったんだよ、ロゼッタ」

そう言うコンラッドの背後から、見覚えのある司教がするりと進み出る。

「ドミニク司教、様？　どうしてここに……」

茫然としながらも、ロゼッタはもうすでに、状況をほとんど理解して青ざめていた。

ロゼッタとコンラッドの婚姻届を受理した司教、ドミニクがここにいる。

彼がコンラッドの味方として、コンラッドの隣に立っていることがどういう意味を持つのか、すでに理解できてしまっていた。

「コンラッド様より、ロゼッタ様が何か誤解をなさっていると聞きまして、その誤解を解きに参りました」

「誤解、とは……？」

「確かに私はコンラッド様とロゼッタ様の婚姻届を受け取りましたが、ついつい失念しておりまして、受理はしていなかったのでございます。ですので、お二人の結婚は成立しておりません」

クリスティナの様子が怪しいと感じてから、ロゼッタは結婚を急いだ。

コンラッドをそそのかし、今すぐに結婚しないとロゼッタがバルテル男爵家に持って嫁ぐ際の持参金がクリスティナのものになるかもしれないと囁き、急いで婚姻届を出すように仕向けた。

父はクリスティナを偏愛しているから説得力があったようで、コンラッドはまんまとその企てに乗る。

ドミニクはコンラッドとロゼッタを教会の聖堂まで案内し、神の前で誓いを立てさせたのだ。

神の前での宣誓は、紙の届けの受理の有無など凌駕する。

だが、誓いがあったことを証言する人間はロゼッタしかいない。

コンラッドとドミニクにシラを切られれば、彼女の証言などなかったことにされるだけだろう。

「神に仕える人間はもっと高潔だと思っていましたわ」

「おや？　教会に対する侮辱ですか？　司教に対する侮辱は神に対する侮辱も同然です。私はあなたを破門にも死刑にすることもできるのですから、お言葉にはお気をつけください」

　黒髪の司教がにっこりと笑う。

　確か枢機卿だったはずなのに神をも恐れぬドミニクのふるまいに、ロゼッタはぼんやりと思った。

この世界の神は人々との距離が近いのに、恐ろしくないのだろうか？

考えた直後に、『この世界？』とロゼッタの中に疑問が湧いたが、頭痛がして考えるのをやめた。

「僕はクリスティナと結婚する。君に虐められて傷ついた可哀想な彼女を支え生きるんだ」

「私、クリスティナを虐めてなんていないわ」

「証拠は揃っているんだ。母上も認めた証拠がね」

　そう言って、コンラッドはロゼッタの前に紙の束を叩きつけた。

　一枚拾い上げて読んでみるが、捏造されたものだとわかって、ロゼッタはのろのろと書類を机の上に置いた。

「……そういうこと、にするつもりなのね」

「君の父であるアウラー卿ともすでに話がついているんだ。無駄なあがきをして僕達の時間を浪費させないでくれよ、ロゼッタ」

　ロゼッタは顔面蒼白でコンラッドの部屋を出た。玄関ホールにはしくしくと泣く腹違いの妹のクリスティナと、その華奢な肩を支えるコンラッドの母親のイレーネがいた。

「ロゼッタさん、何かおっしゃりたいことはありませんか？」

イレーネは険しい顔をして言った。

彼女は厳しくも、心温かい人だ。ロゼッタが母を失ったあとは本物の母親のように接してくれた。

そんな人が今、ロゼッタを親の仇を見るような目で睨みつけている。

「私はクリスティナを虐めてなどいません」

ロゼッタは半ば諦めつつ、うつろな顔で繰り返した。当然、その言葉が信じられることはない。

「この期に及んでも認めないだなんて……ヒルダが天界で泣いていることでしょう」

ロゼッタの母親の名を引き合いに出してイレーネは嘆いた。

胸がずきりと痛んで、ロゼッタは言ったところで詮ない言葉を口にした。

「お義母様……いえ、イレーネ様はコンラッドがクリスティナと結婚したいがために証拠を捏造したとは思わないのですね」

「息子はそのような邪悪な真似をする人間ではないわ‼　なんという侮辱……っ、これまであなたのことを本当の娘のように大切にしてきたというのに……‼」

イレーネがロゼッタを憎々しげに睨んだ。いくらロゼッタを本当の娘のように思っていたと口先では言おうとも、可愛い可愛い本当の息子と比べるまでもないということだ。

「お姉さま。せめて、最後に一度だけでもいいわ。謝ってください！」

クリスティナはしゃくりあげながら涙ながらに訴えた。

「このままじゃお姉さまの邪悪な魂は地下の世界に堕ちてしまうわ。わたし、お姉さまの魂を救ってさしあげたいの……！」

「まあ、クリスティナはなんて心の優しい子なの」

騙されているイレーネが涙ぐむ。

それに応えるように、クリスティナが涙で濡れた顔で健げそうに微笑んだ。

ロゼッタは喜劇を見るような心地でそれを眺める。

もしも神がすべてを見ているのなら、魂が地下に堕ちるのはロゼッタではなく、泣き真似をしているクリスティナだろう。

ロゼッタに濡れ衣を着せたコンラッドも、泣き真似をするクリスティナも、神に仕えているはずのドミニクでさえ、自分の所業によって魂が死後、汚泥に塗れるだろうとは誰も思っていない。

これが滑稽な喜劇でなくて、なんなのか。

「神がすべてをご覧になっていたとしたら、地下に堕ちるのはあなた達よ、クリスティナ」

「クリスティナが庶子だからといって、言っていいことと悪いことがありますよ、ロゼッタ！」

イレーネが口角に泡をして叫んだ。

ロゼッタはクリスティナが庶子だからそう言ったわけではない。

大方イレーネは、庶子だからという理由でロゼッタがクリスティナを虐めてきたとでも吹きこまれているのだろう。その誤解を解く気も失せ、ロゼッタはドレスの裾をつまんでお辞儀をすると、声を荒らげるイレーネを黙殺して馬車に乗り、屋敷に戻った。

○
●
○

あれから、屋敷に戻ったロゼッタは父から叱責を受けた。

ロゼッタがコンラッドをしっかりと引きつけられなかったせいで、クリスティナの興味がコンラッドに向いてしまった、と。

美しく可愛らしいクリスティナにはもっといい縁談があったのに、ロゼッタのせいで計画が台なしになったと嘆く父の叱責を、ロゼッタは無気力に受け入れた。

それから、ロゼッタは新しい縁談が決まった。

四十二歳の大金持ちの新興貴族との縁談だ。

貴族の令嬢ならみんな泣いて嫌がる、平民あがりの金にものを言わせて貴族になった年老いた男との結婚である。新興貴族は由緒正しい貴族の血を欲し、旧貴族は金を欲しているので、ままこのような婚姻が成立する。

ロゼッタに拒否する権利などあるわけがない。

見送りもなく、ロゼッタは馬車にわずかな荷物とともに詰めこまれて売られていった。

新郎となる男のいるビエルサ領のシェルツという町に到着して間もなく、教会に連れていかれる。

コンラッドと婚姻届を出した時のように、書類を用意する格落ちの司祭の姿だけがあった。

今回はその時とは違い、夫となる男の姿すらない。すでに夫となる男の名前が署名された婚姻届に自分の名前を書き加えて、神に誓いの言葉を一人で口にするだけ。

これで倍以上も年上の男との婚姻が成立してしまった。

とはいえ、司教の小細工で簡単に反故にできる程度の書類と誓いだと、すでにロゼッタは知っている。結婚した実感もない。

ただ紙ペラ一枚に、ロゼッタ・シャインと夫の苗字が書かれているだけ。

これが物語なら、こうして名前が変わる前に白馬の王子様の助けの手が伸びてもいいところだ。

――物語なら？

自分で自分の思考の意味がわからず、ロゼッタはずきずきと痛むこめかみをさすった。


「ロゼッタ様、長旅でお疲れのところに教会までご足労いただき、申し訳ございません。簡易的な式となってしまったことを、旦那様はロゼッタ様にお詫びしたいと仰せでした。せめて教会には足を運ぶ予定だったのですが、事情があって出向くことができず――」

「ご事情があるのなら仕方のないことだわ」

ロゼッタは乾いた笑みを浮かべて言った。

馬車の斜め向かいに座るのは、ビエルサ領に到着したロゼッタを出迎えた時に執事だと名乗った、灰色の髪を撫でつけた老人のヴェルナーだ。彼は恐縮した様子でロゼッタに頭を下げた。

「ロゼッタ様のお心をお慰めするため、旦那様はお詫びの贈り物をしたいと仰せでした。なんでも好きなものをお求めください」

「……なんでも？」

初めて、ロゼッタの心臓がことりと音を立てた。

馬車の窓の外を見ると、王都から離れているにもかかわらず、王都と同等か、それ以上に賑わった町並みが広がっている。

ビエルサ領は海を隔(へだ)てて大国であるレガリア帝国と隣り合っており、貿易が盛んで数多くの珍しい品が入ってくると聞いた覚えがある。

「金に糸目は付けずともよい、というお言葉を賜(たまわ)っております」

ドクン、とロゼッタの心臓が高鳴りはじめる。

父の再婚相手であるパトリツィアは、元々父の恋人だったという。

それなのに、親に決められた政略でロゼッタの母と結婚することとなった。ロゼッタの母が亡くなると、父は意気揚々(いきようよう)とパトリツィアを妻に迎え、愛する女との間に生まれた愛する子である可愛らしいクリスティナのために、ロゼッタを嫡子の部屋から追い出した。元々あまり裕福でもない子爵家で、なんでも欲しいものを買ってもらえるクリスティナと自分の立場は違うのだと、嫌でも思い知らされてきた。

ドレスも、靴も、ぬいぐるみも、リボンも、ロゼッタが欲しいものは何一つ手に入らなかった。

だが、父親よりも年上の金持ちと結婚したから、これからは欲しいものがなんでも手に入るのだ。

己の若さと瑞々(みずみず)しい肉体を犠牲にして――犠牲に値するだけのものが、欲しい。

「……ドレスが、欲しいわ」

「かしこまりました。ビエルサで一番腕のいい仕立屋を手配いたします」

「靴も、欲しいわ。でも、それはドレスに合わせたほうがいいわね。宝石、そう、宝石が欲しいわ。宝石にドレスを合わせたいから、宝石商を先に呼んでちょうだい」

「かしこまりました。宝石商をまず手配いたします」

ロゼッタは高揚感に頬を紅潮させる。

虚しい昂ぶりであることは、心のどこかで気づいていたけれど、構わなかった。

金以外にはもう、ロゼッタの手元には何もないのだから。

夫ははるかに年上だ。順当に行けば、ロゼッタが若いうちに死ぬ。そうなれば、レガリア帝国との貿易によって築いたという莫大な富だけがロゼッタの手に残るだろう。

もしかしたら、ロゼッタの本当の人生はそこからはじまるのかもしれない。

今、この時を耐えさえすれば、いずれ何も我慢しなくてよい人生が訪れる。

もし運がよければ、かなり短い期間で望みのままに生きられるようになるかもしれない。

だがそれさえも、幻想だったとロゼッタはすぐに思い知ることとなった。


「――あの子どもは、誰？」

馬車で到着したのは、それはそれは大きな、帝国風の優美な建築様式の美しい屋敷だ。

ロゼッタの生家であるアウラー子爵家の屋敷の四倍くらい大きな建物に、十倍以上はあるだろう広い敷地が広がっている。

その敷地の中で、ボール遊びをしている少女がいた。

「ステラお嬢様でございます」

「ステ、ラ？」

ズキリ、と頭が痛むロゼッタに気づかぬ様子で、ヴェルナーは早口に言う。

「最近見つかった、旦那様の娘でございます。長年行方知れずとなっていたのでございますが――そのために、おそらく見合いの釣書にはステラお嬢様のことは書かれていなかったかと」

恐る恐るといった雰囲気なのは、子連れの男との結婚がロゼッタにとってひどく不利益であることを、ヴェルナーも理解しているからだろう。

独身の男との結婚なら、男が亡くなったあとはその財産は妻のものとなる。

だが子どもがいる男との結婚なら、その財産はすべて家督を継ぐ子どもが相続する。

その子どもが実子なら母親の面倒を見る義務があるし、情もある。

だが、再婚した妻であるロゼッタの面倒を、縁もゆかりもない子どもが見る理由も義務も、どこにもないのだ。

ロゼッタはすべてを失うことになるかもしれない。

我慢をやめ、自由を手に入れるどころの話ではなかった。

「子どもがいる方と結婚する際には、婚前契約を結ぶものよ。でも、そんなものを結んだ覚えなどないわ。こんなの、騙し討ちよ」

「旦那様にはもちろん、ロゼッタ様と契約を結ぶ意思がございます」

ヴェルナーの言葉にロゼッタはからからに乾いた笑みを浮かべた。

もう結婚してしまったあとの弱い立場では、一体どんな交渉ができるだろう。選択肢はもはやロゼッタの手の中にはない。

そんなもの、最初から存在しなかったのかもしれないけれども。

「実は、いずれ見つかるだろうステラお嬢様の後ろ盾となってくださる方を見つけるために、旦那様はロゼッタ様との結婚を望まれたのです。旦那様は重い病を患っておられまして——余命幾ばくもないのです」

「……それはつまり、旦那様と死別したあとも私には自由などないということなのね」

ヴェルナーはそんなことを言われるなど思いも寄らなかったという顔をする。

まさか、病身の夫に同情し、降って湧いたようにできた義理の娘のために献身するとでも考えていたのだろうか？　父親よりも年上の男と結婚させられ、娘というより妹に近い年齢の子どもの世話を押しつけられたロゼッタが？

一体どれほど善良な人間なら、そうする気になるのだろう。

「あの子が成人するまで、私は自由になれないのね」

ロゼッタには継子を養育する義務がある。子どもが成人するまでシャイン男爵家に縛りつけられることになる。

あの子どもはどう見積もっても十歳にも届かないだろう。少なくとも八年、ロゼッタはこの家に拘束されることが決定した。

そう扱っていいかどうかなど、一度も意思を確認してもらえなかった。

「あはは、ははははは、ははははは！」

「ロ、ロゼッタ様……？」

哄笑するロゼッタに、ヴェルナーが怯えたようにその顔を覗きこむ。

そんな彼にロゼッタはにっこりと微笑んでみせた。

「私が弱いから、誰も私の意思など確認してくれなかったのよね？」

「た、確かにこれまではご意思を確認する機会はございませんでしたが、これからはロゼッタ様のご意向をなんなりとうかがわせていただきます」

ロゼッタはヴェルナーの言葉を流して遠くにいるステラを見やった。

「あの子は私よりももっと弱い立場ね」

ぽつりと呟くと、ステラに向かって歩いていく。

「ロゼッタ様！　どうか、お気を確かに」

ヴェルナーの焦った声が追ってくる。ロゼッタはそれを黙殺した。

すべてが親の言いなりだったこれまでとは違う。結婚した以上、ロゼッタにはほんの少しの自由がある。この自由を最大限に行使してやると、心に決めた。

まずはステラに挨拶をしよう。

彼女に、これから自分に待ち受ける運命を予感させるために。

突如現れた継母が、どういうふるまいをすれば継子を萎縮させられるか、その権利を実質的に奪

い、持ち物をすべて取り上げることができるのか、ロゼッタは実体験で熟知している。

近づくと、ステラのみすぼらしさがよくわかり、ロゼッタは怯んだ。

日に焼けて荒れた肌、気味の悪いほど痩せ細った体に、荒れた藁色の髪。

哀れな子。愛されてこなかったのがよくわかる姿。

まるで過去の自分自身のようで、ロゼッタは怯んで口にしかけていた言葉を一度飲みこんだ。

「……藁？」

ステラの髪色を藁のようだと思った。

どこかで聞いた覚えのある響きに、ロゼッタの歩みが鈍くなる。

頭がズキズキと痛んだ。ステラに近づくほどにひどくなる痛みに、だが足を止めようとは思わなかった。のろのろと歩くロゼッタにヴェルナーが追いついて、その肩を掴んだ。

「落ち着いてくださいませ、ロゼッタ様！　これからすべてご説明させていただきますので――」

「ヴェルナーさん？　その人は誰ですか？」

近づくロゼッタとヴェルナーに気づかないはずもない。

ステラがボール遊びをやめ、不思議そうにロゼッタ達を見上げた。

鈴を転がすような可愛らしいその声に、ロゼッタははっきりと聞き覚えがあった。

ヴェルナーが止めるよりも前に、ロゼッタは頭痛のあまりのひどさと既視感に、自分で足を止める。

「このお方は、そのですね」

ヴェルナーが言いにくそうに口ごもる。

今しがた、ステラへの敵対心を示したロゼッタが新しい母親だとは紹介できなかったのだろう。

ヴェルナーをきょとんと見上げていたステラは、やがてその視線をロゼッタに向けた。

紺色(こんいろ)の瞳の中に、黄金の星の輝きがある。

その瞬間、ロゼッタの頭の中に記憶があふれた。

「ステラ……星女神の乙女」

「おとめ？　……キャアッ!?」

ふらりと倒れたロゼッタの姿に、ステラが悲鳴をあげた。

「ヴェルナーさん！　この人倒れちゃった！　どうしよう!?　わたしのせい!?」

「ステラ様のせいではございません。疲れておいでなのです。誰か！　手を貸してくれ!!」

ロゼッタは頭の中にあふれる怒濤(どとう)の記憶に脳を焼かれるような痛みを味わいながら、意識を薄れさせていった。

薄れゆく意識の中で、ロゼッタは気がついた。

ステラはロゼッタが前世大好きだった乙女ゲーム、『星女神の乙女と星の騎士たち』のヒロインだ。

星をモチーフにした物語。ステラはラテン語で星を意味する。

ゲームでは名前は自由に変更できたけれど、もしも固定の名前がついていたなら、いかにもヒロインにつけられそうな名前だ。

一番大好きな、推しヒロインだった。

だがそれよりも衝撃的だったのは、ロゼッタもまたゲームに登場していたモブの一人だったこと。

ヒロインを虐待して『藁色の髪のみすぼらしい小娘』と言って貶していた、大嫌いな継母役だったことだ。

ゲーム知識の答え合わせ

ロゼッタが目を覚ましたのは暗い部屋の中だった。

嗅ぎ慣れない匂いで見知らぬ部屋にいることに気づく。

「お目覚めですか？」

「あなたは……？」

「ロゼッタ様にお仕えすることとなりました、メイドのマヌエラと申します」

薄暗い部屋の中に控えていたメイドが、ロゼッタのいるベッドに近づいてくる。

切れ長の目をした、ひっつめた黒髪の女性だ。

「ロゼッタ様、お倒れになったことを覚えておいでですか？　医者によると、過労であろうとのことです。執事のヴェルナーの判断で、治療師による回復魔法をかけております。お加減はいかがでしょうか？　必要であれば医者を呼んでまいります」

「医者はいいわ。それより水をくれる？　今は何時頃なのかしら」

「もうしばらくすれば終星の鐘の時刻でございます」

「道理でお腹が空いているわけだわ」

「ただいま、食事を温め直してまいります」

マヌエラはキビキビとした動作で頭を下げる。その背中を見送り、ロゼッタは窓を見やった。

夜なのに、窓の外が煌々と明るくて、窓際に飾られた一輪だけの質素なコスモスが輝いて見える。

「綺麗な星明かりだわ……」

その明るさの正体は星なのだと、ロゼッタは半ば確信して呟くとベッドから起き上がった。

彼女の荷物はベッドの側に置かれていた。その中からなけなしの替えのドレスを引っ張り出し、知らぬ間に着替えさせられていた夜着を脱いで着替えていく。

これまで貴族の令嬢であるにもかかわらず一人で着替えるなんて恥ずかしいことだと思っていた。ロゼッタの手元にあるのは地味で簡素なドレスだから、着替えようと思えばいつでも一人でできたのに、意地悪なメイドが部屋に来てくれない時にはロゼッタは着替えもままならず、部屋から出られない時もあったのだ。

だが、今のロゼッタはそれどころではなかった。

今すぐに、思い出した記憶について確かめたいことがある。

走馬灯のように駆け巡った記憶。前世だと思っているけれど、自分のことというより、前世で言うところの映画を一本見たような気分だ。

それでも、ままならない社会人生活の中で押しつぶされそうだった気持ちを、明るく可愛らしいヒロインにゲームを通じて救われたことだけはまざまざと思い出せる。

救われたのに、死んでしまった。

辛く苦しいだけの会社はもうやめようと、逃げることも勇気だと思わせてくれたのに。そう決意した日の夜に眠ったまま、もう二度と目覚めることができなかった。

「ロゼッタ様、何をなさっているのですか？」

食事を手に戻ってきたマヌエラが驚いたように声をあげるが、ロゼッタは事もなげに応えた。

「行きたいところがあるから着替えているのよ」

「もう夜でございますよ？　お倒れになったばかりですし、お体のためにもあまり動かれないほうが――」

「どうしても教会に行きたいのよ。引き留めないでちょうだい」

「教会に……」

強く止める口調だったマヌエラが、はたと気まずげな顔をした。

「もしや、その……何か……婚姻の手続きに不備がありましたでしょうか？」

「不備も何もないわよ。用意されていた書類にサインしただけだから」

「そ、そうでございますよね……」

「ただ、そうね。心を落ちつけるために教会で神と向き合いたいの。昼間の婚姻式はものの数秒で終わってしまったから」

ロゼッタがとってつけた理由にマヌエラは気まずげに口を噤むと、着替えを手伝いはじめた。

ロゼッタが行きたいと言った場所が、今日、彼女があまりにも蔑ろな扱いを受けた場所であるからだろうか。無念が残っていると思われても不思議ではない。

ヴェルナーもいたたまれない様子ではあったので、この屋敷の人達はロゼッタにひどいことをしているという自覚はあるらしい。

「ところでそれ、夕食かしら？　出かける前に腹ごしらえがしたかったのよ。ありがたくいただくわ」

「……ロゼッタ様がお食事をなさっている間に、馬車の用意をさせていただきます」

ロゼッタが命じる前に、マヌエラは諦めたように言って下がっていった。

用意された麦粥を掻きこむと、ロゼッタは立ち上がる。

「本当にここがゲームの世界なのか、確かめないと」

『星女神の乙女と星の騎士たち』は乙女ゲームだ。

ヒロインの少女が十五歳の成人を迎えた日に家から追い出されるところからはじまる。

乙女ゲームなので最終目標は攻略対象を攻略することだけれど、同時にダンジョンを攻略してこの国を救うこともまた目標の一つだ。

攻略対象の攻略を進めつつ、レベルを上げてダンジョンを攻略しないといけない。

そうしないとダンジョンのある町が滅んでいく。一つや二つくらい町が滅んでもゴールインできる攻略対象もいるけれど、そうではない攻略対象もいる。すべての町が滅んだら強制的にバッドエンドだ。

つまりここが乙女ゲームの世界なら、この町もまた滅びることになるだろう。

星女神の乙女が命をかけてダンジョンを攻略しない限りは。

馬車で教会に向かったロゼッタを出迎えたのは、今日の婚姻式で彼女がサインするのを見守ってくれた司祭だった。

青黒い髪に青い目をした青年で、人のよさそうな顔をしている。

ロゼッタは彼の名も忘れていたのに、司祭のほうはロゼッタを覚えていたようで、気遣わしげな微笑(ほほえ)みを見せた。

「どのようなご用件でしょうか？　私にできることがあればなんなりとお申し付けくださいませ」

聖職者はまず修行者となり、師匠について神学を学ぶ。

認められると司祭となり、司祭として修行を積んで司教となる。

若い司祭なら経歴は浅いだろうに、そんな人間の目から見てもロゼッタの婚姻式は異様なものだったのだろう。

いくら教会は二十四時間開放されているとはいえ、夜の訪問だというのに、迷惑そうな顔の一つもしない。

ロゼッタはわざと儚(はかな)げに微笑(ほほえ)んで答えた。

「聖園を見てみたいと思って参りました」

「聖園でございますか。本来は寄付を納めていただいた貴族の方のための待合所なのですが……」

待合所というのは建前で、寄付を納めた貴族だけが入れる美しい庭園である。

神の加護のある教会で育てられる樹木や草花は季節に関わらず咲き誇り、それを見られるのは貴族だけのステータスなのだ。

前世やったゲームのヒロインも、貴族になったあとでやっとこの聖園に入れるようになる。

ヒロインは男爵令嬢だ。にもかかわらず、何故貴族ではなかったかと言えば……継母に虐められて家を追い出されたからだ。

ゲームを進めていくうちに、継母からすべてを取り戻す復讐イベントが発生する。

これをクリアしないと貴族に返り咲けないし、攻略できない攻略対象が出てくる。

そして、ある段階までに復讐イベントをクリアできないと、手に入らないアイテムがこの聖園には存在するのだ。

「ロゼッタ様は本日婚姻式をされましたので、その手続きに不備がないか私のほうで確認させていただければと思います。その間、どうぞ聖園でお待ちくださいませ」

「ありがとうございます、司祭様」

方便で受け入れてくれた司祭ににこやかに礼を言い、ロゼッタは聖園に招き入れられた。

「では、ご自由にご覧ください。もしお心の慰めになる花がありましたら摘んでいただいて構いません。誰かに何か言われましたら、司祭のアラリコの名をお出しください」

「ご親切にありがとうございます」

アラリコはロゼッタに哀れみの目を向けつつ、お辞儀をして去っていく。

「マヌエラ、あなたはここで待っていてくれる？　あなたも庭園を見てみたいでしょうけれど、私、今は一人になりたいのよ」

「私のことはお気遣いなく。どうぞロゼッタ様の心ゆくまでご覧くださいませ……神のお恵みによりロゼッタ様のお心が少しでも安らぎますように」

マヌエラもまたロゼッタを哀れと思っているらしく、同情的に見送った。

どいつもこいつもなかなか、ロゼッタを惨めな気分にさせてくれる。

だが今のロゼッタは、それを利用してでも確かめたいことがあり、そのために嫌な気持ちに囚われずに済んだ。

「マップの左上だから……」

流れこんできた記憶はまるで昨日体験したかのように真新しい。

ロゼッタはその記憶を頼りに、ゲームのマップ上の目的地に向かって歩いていく。

庭園の一番奥に位置しているその場所には、シロツメクサの花畑があった。

「このあたり……？　どこかしら……」

シロツメクサの花畑に座りこみ、ロゼッタは手で探る。

手もドレスも土で汚れる。でも、探し物の重要さを思えば気にならなかった。

注意深く観察していると、シロツメクサの花畑の真ん中にぽっかりと空いた空間があり、ロゼッタはその場所の土を手で払った。

そして、そこに埋まっていた瓶を見つける。

土に汚れていてもキラキラと輝く薄い水色の瓶。黄金の蓋。

中には青色の透きとおる液体が入っている。

「本当にエリクシルがあったわ」

エリクシルとは、ゲームにおいて使用すると体力と魔力が全回復する最高の回復薬である。

この世界では伝説上の魔法薬で、ありとあらゆる怪我や病を治す万能薬だと言われている。

「きれい……」

夜の庭園には明かりが点々と灯っているが、あたりは暗い。

なのにロゼッタの手の中にあるエリクシルだけは、どこから取りこんだ光なのか、虹色の彩光を放っている。

しばしうっとりと見とれたあと、ロゼッタはエリクシルの瓶をドレスの胸元に押しこんだ。

ゲームではこの場所にエリクシルがあった。

探してみたら、本当にあった。

「ゲームの知識、使えるじゃない」

ロゼッタはほくそ笑むと、エリクシルを掘り返した土を埋め、土で汚れた手を誤魔化すために花を摘む。

「問題は、この町が滅びるのも事実だってことだわ。どうしようかしら」

戻ると、入り口でトラブルが起きていた。

○
●
○

「確かに、確かに貴族ではありゃしませんけど！　いいじゃないですかあ〜、たっくさん寄付をしましたでしょ？　入れてくださいよぉ〜ねっ？　お願いっ」

「こちらは貴族の方向けの待合室となっておりますので、平民の方をお入れするわけにはまいりません。どうぞご遠慮くださいませ」

「評判の庭園を一目見てみたいだけなんですよぉ！　まるで神様のご威光をそのまま顕したかのようなすんばらしい庭園だって聞きました！　かつては大聖女が晩年を過ごされていた場所だとか！　大聖女の遺物が今も庭園のどこかに眠っているとか⁉」

「どうぞお引き取りくださいませ」

案内の信徒がうんざりしたように言う。

「地上に顕現する天界の景色を冥途の土産にしたいんですよぉ〜！」

平民が聖園に入りたいと駄々をこねているらしい。それだけならどこでもありそうなトラブルだが、ロゼッタはその声に妙に聞き覚えがある気がして、鼓動が速くなる。

「あっ、そこのお嬢様！　たっぷりのお代をお支払いしますので、この私めを従者として聖園に入れていただけませんか⁉」

自分を呼び止めた男に、動揺を見せないように彼女は全神経を集中した。

「私はお嬢様ではなくってよ」

「おやっ、これは失敬。とてもお若くお美しくていらっしゃったので」

そう言って揉み手をする糸目の男。

金髪にもみあげを長く垂らした、狐顔の胡散臭げな商人だ。

「あなたの名前は？」

「ヒューと申します、奥様！」

この男の名前はヒューレート・レガリア。

レガリア帝国の皇帝だが、今は帝国から流れてきた平民あがりの商人に身をやつしている。

ゲームの中でこの男はまず胡散臭い商人として登場し、戦うヒロインを陰に日向にサポートする。

一週目ではこの男は攻略できない。

一度、バッドエンドを見る必要があるのだ。

帝国からの救援を受けて辛うじて存続するグラン王国が属国となったエンドで登場する皇帝ヒューレートのスチルを見ることによって、はじめてこの男の攻略ルートが解放される。

通常、糸目の胡散臭い男だが、皇帝として現れる時にはこの目を見開く。

その目を開かせれば血のように赤い瞳があるだろう。

鋭く冷酷な眼差しで、滅びの危機に瀕するグラン王国の行く末を見守っている男。

ロゼッタはそれを知っているそぶりを見せないように表情を固めて訊ねた。

「ふうん、ヒュー。どうしてあなたは聖園に入りたいの？」

「それはもう、こちらの聖園は王国でも有数の美しさで有名でございますからね！　帝国にいた時から見てみたかったのですよぉ～」

「さっき、大聖女の遺物がどうこうと言っていたけれど、それはなんの話？」

「ここだけの話ですけれどもね、かつて晩年をこちらで過ごして亡くなった大聖女様が神より賜(たまわ)った奇跡の魔道具が、この聖園に眠っているという噂がございまして」

なるほど、とロゼッタは得心した。

益体(やくたい)もない噂話という体(てい)で話すヒューだが、これはおそらく事実だろう。

皇帝の情報網で手に入れた情報で――奇跡の魔道具というのはエリクシルだ。

この男もまたエリクシル目当てで聖園に入ろうとしているのだ。

多分、彼がこのまま聖園に入れないのが正史だ。何故(なぜ)なら今は十歳かそこらのヒロインが十五歳になった時にも、ここにはエリクシルが存在するから。

でも、ある時点でエリクシルはなくなってしまう。それはこの男が商人として活躍を認められたとかで、貴族の爵位を取得したタイミングだったのかもしれない、とロゼッタは独りごちた。

「私の従者として入れてあげてもいいわよ」

「ほんっとうですか⁉」

「でも、お金はいらないわ。夫がお金持ちだからもうお金はいらないのよね。ただこのことを恩に着てほしいの」

「……恩、ですか？」

「そうよ」

ロゼッタは紅を佩いていなくとも赤いその唇に、にっこりと笑みを浮かべる。

「昨日こちらに来て結婚したばかりなのよ。知り合いが一人もいなくて心細かったの。できるだけ多くの人に恩を売っておけば、生きやすくなりそうでしょう？」

内容はなんであれ、帝国の皇帝に恩を売っておけばいずれ役に立つだろう。

ゲーム的に、ヒロインが攻略しなければここグラン王国はいずれ滅びる。

その時の逃げ先はレガリア帝国一択なのである。

ヒューの探索はどうせ無駄骨だけれども、それを知っているのはロゼッタだけだ。

「祖国に誓っていずれ恩返ししてちょうだい」

レガリア帝国の皇帝は祖国に誓った言葉を裏切らないことを、前世でゲームのプレイヤーだったロゼッタだけが知っている。

ロゼッタに正体を知られていないと思っているヒューからしてみたら、家名を持たない平民に対して当然の誓いを要求しているようにしか見えないだろう。

目を細めるロゼッタに、ヒューはにっこりと笑った。

「誓う誓う～！　ちっかいまーす！　やったー！　聖園に入れる！」

「うふふ。そういうわけでこの男は私の使いの者として入れてあげてちょうだい」

「その方が問題を起こしたら、ロゼッタ様に責任が発生してしまいますが……」

「構わなくてよ。そこまで頭の悪い馬鹿には見えないし」

「出会ったばかりの私をそこまで信じてくださるなんて……！」

糸目をキラキラ輝かせるという器用なことをやっているヒュー。

人なつこい演技、ご苦労様なことだ。

「じゃあ、私は先に帰るわね」

「ありがとうございます、ロゼッタ様！」

キュピン、とでも擬音の付きそうな仕草で胸に手を置くヒュー。

すでにロゼッタに回収されたエリクシルを探して聖園を歩き回るのだろう彼の健闘を祈り、ロゼッタは摘んだシロツメクサで顔を隠してひらひらと手を振った。

宝さがし　【ヒューレート視点】

帝国の巫女（みこ）が神眼で覗き見た場所は、白いシロツメクサの花畑。

そこにかつて大聖女と呼ばれた聖女が何かを埋める姿を見たという。

神に愛されし聖女。最後は静かに暮らしたいと、隠遁（いんとん）生活を送っていた。

別のものを探している最中だが、せっかくならばと寄り道のためにやってきたのに、貴族でないと中には入れられないときた。

どうなることかと思ったが、親切な貴族の女が入れてくれた。

ヒューレートは男前なので、女に優しくしてされるのはよくあることだ。

特に疑問にも思わず、ありがたく目的の場所に辿り着く。

だが、まさに今しがた踏み荒らされたばかりの花畑がそこにあった。

シロツメクサの花畑の中心に、掘り返されたばかりの色をした土がある。

ヒューレートをここに入れた女が、シロツメクサの花束を持っていた。どこにでも咲いている花だからと気にも留めなかったが、この聖園の他のどこにもシロツメクサは生えていない。

祖国に誓って恩に着ろと言ってきた、高慢そうな貴族の女。

「……ロゼッタ、か」

ヒューレートは顔を上げると、目を見開いて信徒が口にしていた女の名を口ずさんだ。

「星女神の乙女探し、さっそく面白くなってきたな」

そう言って、ヒューレートはにんまりと笑った。

最後の時間

「ロゼッタ様、お帰りなさいませ」

「まだ起きていたの？　ヴェルナー。私のせいなら悪かったわね。すぐに部屋に戻るからもう眠って結構よ」

天星を回っているのに出迎えたヴェルナーにロゼッタはそう言うが、彼は立ち去ることなく申し訳なさそうに首を垂れた。

「旦那様がお呼びでございます。お疲れのところ大変恐縮ではございますが……旦那様が起きていられる時間は日々短くなってきておりますので、どうかお出でいただけないでしょうか」

「いいわよ。私もちょうど用があったところだから」

ロゼッタは相変わらずすまなそうな顔をしているヴェルナーにうなずき、マヌエラを見やった。

「マヌエラ、洗面器一杯分のお湯だけ用意しておいてちょうだい。それを終えたらあなたは寝ていいわよ」

「お先に眠ることなどできません。ロゼッタ様にお供させてくださいませ」

「あなたがそれでいいならいいけれど、それなら明日起きる時間をいつもより遅くしなさいね」

これまでなら使用人の都合など考えたこともない。それが貴族にとって普通だからだ。

だが、前世の記憶を思い出したことで平民の思考回路を知ってしまった。

彼らにも心がある。あまり不当な扱いをして恨まれても困る。

それくらいの気持ちで言ったロゼッタに、マヌエラがほうっと息を吐いた。

「私のような使用人にまでお心遣いいただき、ありがとうございます。ロゼッタ様はなんとお優しい方なのでしょう」

こんなことで優しいと思われる貴族って……

ロゼッタは呆れてグラン王国衰退の理由の一部を悟った。

こんなだから、星女神の乙女という存在なしにはこの国は滅びる運命にあるのだ。

「ロゼッタ様、こちらでございます」

ヴェルナーに案内されてロゼッタはまだ構造のわからない屋敷の中を歩いた。

辿り着いたのは薬臭い部屋だ。

「旦那様、ロゼッタ様をお連れいたしました」

そう言うと、ヴェルナーは返事を待たずに入っていく。

返事を待たなかった理由は中に入ってすぐにわかった。

ベッドに、死にかけの男が青ざめた顔で横たわっている。

「はじめまして、旦那様」

ベッドの前まで進み、ロゼッタは恭しくドレスの裾をつまんだ。

「ロゼッタと申します」

金で男爵位を、そして妻を買った、シャイン男爵ピーターの妻となった女の挨拶に、ピーターは緩慢な動作でうなずく。

「君にはすまないことをした……ステラについて事前に知らせなかったこと、申し訳なく思う……君がショックを受けて倒れたと聞いた……」

「確かにショックを受けたのは事実ですわ。でも、気持ちを切り替えましたので、もうお気になさらずともよろしくてよ」

そう言いながら、ロゼッタはピーターを観察した。

その容姿にはステラに似たところはまったくない。灰色の髪に、緑の瞳、痩せこけた青白い顔。

ステラはかつてロゼッタが藁色、と揶揄したような小麦色の金髪だし、瞳は濃紺の夜空に金の星が散ったような色をしている。

でも、間違いなくロゼッタが愛したあのヒロインは、この男の娘なのだ。

「君にはきちんと対価を支払う……君にも財産を分与すると遺言状を書いた……ヴェルナー……」

「こちらでございます、ロゼッタ様」

「まあ」

ロゼッタは差し出された遺言状を見て片眉を跳ね上げた。

そこには、自分の死後、妻であるロゼッタに財産の半分を分け与え、なおかつステラが成人するまでステラの財産の管理をすべて託すと書かれている。

こんな遺言状があったからこそ、ゲームのヒロインは十五歳の成人までにすべての財産を奪われて、家を追い出されて苦労したのかと、ロゼッタは溜息を吐きたくなった。

「これでは……足りないだろうか……？」

ピーターが気遣わしげにロゼッタを見上げる。

この男とゲームのヒロインの似たところを見つけて、ロゼッタは更に溜息を吐きたくなる。

「あなたは甘いお人ですわね」

「はは……よく言われるよ……」

そういうところが攻略対象者達を次々と救い続け、やがてはグラン王国までをも救うために戦ったヒロインによく似ていた。

ロゼッタには迷っていたことがある。

だが、推しヒロインとピーターの共通点を見つけてしまったので、心を決めた。

ロゼッタが自身の胸元に手を突っこむと、ピーターもヴェルナーもぎょっとした顔になる。それに構わず、ロゼッタは胸元に埋めたアイテムを取り出す。

薄暗い部屋の中でも七色の光を放つのは、神の祝福宿りし魔法の薬だ。

「エリクシルよ。飲みなさい」

「ロゼッタ……？」

「本当にエリクシルなのかとか、どうしてそんなものを私が持っているのかとか、気になることは幾ら(いく)でもおありでしょうけれど、そんなことを気にしている場合じゃないの、おわかりよね？　死にたくなかったら今すぐ飲みなさい、ピーター。ヴェルナー、飲ませなさい」

「か、かしこまりました……！」

ゲームをしていた時から思っていたことがある。

この父親さえいなくならなければ、ヒロインの前半の苦労はほとんどなくなる。もしもこの男さえ生存していれば、ヒロインはごく普通の令嬢として幸せに生きていたのではないか、と。

ろくでもない男なら見捨てようかと思ったが、推しヒロイン似の甘い男だと知ってしまった以上は、ロゼッタには見捨てようがない。

「いや、ヴェルナー……私にそれは、必要ない」

「ふん。私が毒を盛るとでもお思いなの？　そんなことをしなくても旦那様は死にかけていらっしゃるわ。私がそんな危ない橋を渡るとでも？」

「そうではないよ、ロゼッタ……実は、天啓があったのだ」

「……天啓？」

ピーターの言葉に、ロゼッタは眉をひそめた。


天啓とは、神がもたらすものである。

それは助言であったり、警告であったり、過去や未来であったりする。

神に愛された者――たとえば聖女や聖者、帝国で言うところの巫女（みこ）や神官、星女神の乙女、あとは死に際の善人にもたらされることもある。

ゲームには『次は○○をしよう！』というガイドが出るものがあるが、『星女神の乙女と星の騎士たち』の中でそれは『天啓！』というアイコンと共に現れていた。

「天啓を受けたから死が近いと諦（あきら）めていらっしゃるの？　案外、あなたは聖者に選ばれたのかもしれなくてよ。人がよくていらっしゃるもの。出会ったばかりの私にもわかってよ」

「ステラは……神に選ばれてしまった子なのだ……」

今度こそ、ロゼッタは眉間にしわをよせた。

「なんですって？」

「だから……いずれステラに苦難の時が訪れる際まで……それは、とっておいてくれ……」

そう言ってロゼッタに微笑（ほほえ）むピーターを見て、ロゼッタはあることに気がついて息を呑（の）んだ。

この人のいい男が、どうしてロゼッタのような十八歳の娘をステラの母親代わりになど選んだのか。性欲が理由ではありえない。

もっと年のいっている、子育てに慣れた女などいくらでもいただろうに。

「まさか……私を妻に選んだのも天啓で？」

「ああ……君を見た……」

「どうして私を選んだの⁉　私はいい継母にはならないでしょう！」

「君も天啓を受けたのかい……？」

「違うわ！　私は私自身のことをよく知っているだけよ」

ロゼッタは前世の記憶を思い出しただけだ。天啓などではない。

天啓は、神に愛されるような善良なお人好しにしか降りないのだ。

神に近づく修行をした司教の中には神の視界を借りる『神眼』という能力を持つ者もいるという。

だが、ロゼッタは人がよくもなければ、神に近づく修行をしたこともない。

神に祈ったってなんにもならないと、何年も前から祈りの日課さえ放棄している不良信徒だ。

「だが君を妻として迎えた先の未来で……ステラは、笑っていたから……」

神はこの男に未来を見せたらしい。

笑っていたということは、バッドエンドルートではないのだろう。

「……あなた、馬鹿なんじゃないの？」

ロゼッタはもっと痛烈に罵倒したい気持ちをなんとか唇を噛みしめて堪えた。

「可愛い娘に苦難の時が訪れる未来が待っていると予告されたなら、その運命を回避するために努力するのが親のすることでしょう！」

「だが……ステラが戦わなければ……」

「あの小さな娘が戦わないと滅ぶ世界なら、滅びればいいわ」

困惑顔をしていたピーターが押し黙る。

この国が滅んでしまうとでも言おうとしたのだろうが、この国どころか世界が滅べばいいと言い放ったロゼッタに先を続けるのは憚られたらしい。

「エリクシルを飲みなさい、旦那様……もしも私の意見に賛同してくださるのなら」

「ロゼッタ……だが……」

「ステラが戦うことを望むなら仕方ないわ。だけど、それ以外に道がないとばかりに追いこまれて戦わざるを得なくなると知っていて、その運命から娘を救わないのは虐待ではなくって？　娘を救うつもりがないのなら、飲まなくて結構」

捨て台詞を吐くと、エリクシルを置いてロゼッタは部屋を出た。ヴェルナーがあとを追ってくる。

「ロゼッタ様、あのエリクシルは、本当に……？」

「エリクシルであることは間違いなくてよ、ヴェルナー。……ステラの部屋はどこかしら？　あの子の顔を見たいのだけど……まあ、私はショックのあまりステラを虐めかけたから、会わせるのが不安なら無理にとは言わないけれども」

誤魔化そうか悩んだが、ロゼッタは正直に言った。

ステラを虐めようとしたのは本当だ。いたぶろうとした。

自分が幼い頃にされたように、やり方は実体験でよく知っていた。

前世の記憶を思い出さなければ自分が何をしでかしたかと思うと恐ろしい。

だから、ヴェルナーに止められても仕方ないと思える。

だが、ヴェルナーはロゼッタの震える拳にそっと触れて言った。

「ご案内いたしますとも、ロゼッタ様。あなた様はステラお嬢様の母君でございます」

「……母親というには私は若くてよ」

「ですがステラお嬢様を想うお気持ちは、ご立派な母君でございます」

果たしてそうだろうか、とロゼッタは疑問に思う。

ゲームの通りに進めば、ステラには輝く栄光の未来が約束されている。

バッドエンドになる可能性はあるけれども、この国でもっとも敬愛される六人の男のうちの誰かと結ばれる確率は高い。それどころか、隣の大帝国の皇帝と結ばれることさえある。

だがそれは、恐ろしい苦難を乗り越えた先にある未来。

この世界はもうゲームではないのだ。セーブもリセットもできない。

大好きな推しヒロインがたった一つの命を懸けて危険な道を進んでいくのが嫌だという、ロゼッタの我が儘にすぎないのではないか。

「私めはロゼッタ様に協力させていただきます」

「ヴェルナー、助かるけれど……いいの？」

「ステラお嬢様の平凡なお幸せのために、旦那様が神から賜った警告を頼りに、恐ろしい未来を回避いたしましょう」

天啓を、神が指し示した指針と受け取るか、避けるべき警告と受け取るか、解釈は受け取り手に委ねられる。

天啓を受けたピーターを余所に警告だと受け取ってくれたヴェルナーに案内され、ロゼッタはステラの部屋に辿り着いた。

暗いその部屋に、燭台を掲げて入っていく。

最初、天蓋付きのベッドの上に姿のないステラに焦ったが、すぐにベッドの側にうずくまっているのを見つけた。ベッドから落ちてしまったのか、それとも広いベッドに慣れていないのか。

ロゼッタは燭台を机に置いて、ステラをそっと抱き上げる。

決して力の強くないロゼッタでも抱き上げられるくらい、その体は軽い。骨と皮しかないのだ。

ここに来る前は孤児院で虐待されていたと、ロゼッタは知っている。

「こんなに小さかったなんて……」

前世の自分が頼り、縋り、助けを求めた明るく美しく優しい少女。

この少女に助けてもらおうと、大の男であるはずの攻略対象者達が、王国中の大人達が、群がるのかと思うとゾッとする。

「もう誰のことも助けなくていいわ、ステラ」

ロゼッタはステラをベッドに寝かせ、温かな毛布をそっとかけてやった。

「あなたはただ守られ、愛されて、幸せになるだけでいいのよ」

もちろんステラが自ら救世主になりたいと望むのなら、断腸の思いで応援しよう。

だが、そう望まないように育ててみせる。

ロゼッタが部屋に戻ると、マヌエラが本当に起きて待っていた。

ロゼッタのためにお湯を用意して、それでロゼッタの体を清めながら言う。

「窓際のコスモスはステラお嬢様がロゼッタ様のお見舞いにと持ってきた花なのですよ」

「まあ、そうなの？」

「はい。倒れられたロゼッタ様を心配して、昼間にいらしてくださいました」

「まあ……」

ロゼッタは言葉を失い、星明かりに照らされるコスモスを見つめた。

「あのコスモスがしおれてきたら、枯れないうちに押し花にするわ。だから決して捨ててはだめよ。いいわね？」

「かしこまりました、ロゼッタ様」

含み笑いするマヌエラを照れから睨めつけたのも束の間、ロゼッタは眠りにつくまでの間、目を細めてコスモスを見つめ続けた。

○●○

「はじめまして！　わたし、ステラです！　昨日はびっくりさせちゃってごめんなさい……」

遅い朝食を取るために向かった食堂で顔を合わせたステラは、ロゼッタのもとまで駆け寄ってくると、元気に自己紹介したあとにしょんぼりとうなだれた。

ロゼッタがステラに驚いて気絶したと思っているらしい。

きっと、そうとしか見えなかったろうし、ヴェルナーも説明のしようがなかったのだろう。

「はじめまして、ステラ。わたしはロゼッタよ。あなたが謝ることなんて何もないの。長旅でとっても疲れていて、倒れただけなのよ」

「でも、わたしの顔を見て、びっくりしてましたよね……？」

「こんなに可愛い子が私の娘になってくれるの!?　って、びっくりしちゃったのは確かかね」

ロゼッタが大げさに身ぶり手ぶりを付けて言うと、ステラはきょとんとしたあと照れたようにはにかんだ。

「そんな、わたしなんて……藁色（わらいろ）の髪ですし」

そう言われたことがすでにあるらしい。

ロゼッタ自身も一瞬とはいえ思ったことではあるものの、憤慨（ふんがい）する。

「あなたの髪は月の色をしているのよ。失礼なことを言う人がいるものね」

「えーっ、そんなにきれいじゃないですよ！」

「今は雲がかかっていてよく見えないだけよ。これからうんとお手入れすれば輝く月色になるわ」

「ほんとに？」

「ええ、絶対に」

「うわぁ……」

ゲームでそう表現されていたから、確信を持って請け合える。

自分の髪の毛を撫でながら感嘆するステラに、ロゼッタは目を細めた。

「これ、もしよかったら受け取ってくれる？」

「えっ！　これって……」

「コスモスのお礼よ。小さくて悪いけど」

そう言ってロゼッタが渡したのは、昨晩聖園から摘んできたシロツメクサで作った小さな花冠だ。

元々、花冠にしようとも思っていなかったし、量が少なすぎてステラの頭にも小さいだろう。

それなのに、ステラは花冠に目を輝かせた。

「ほんとうに、わたしがもらってもいいんですか⁉」

「あなたのために作ったのよ？　ステラ」

ぱっと笑みを浮かべ、さっそく頭に花冠を被る。ロゼッタは目を細めた。

「可愛いお姫様だわ」

「えへへ」

ステラがはにかんで笑った時、食堂の入り口付近にいた使用人達がざわめいた。

「おはよう、ステラ……ロゼッタ」

「お父さんっ⁉」

ステラは途端に花冠そっちのけになり、跳ねるような足取りで父親に駆け寄り、飛びついた。

九歳の子どもの遠慮のない飛びつきを、ピーターは難なく受け止める。

ロゼッタは落ちた花冠を拾いあげた。

「もう病気は治ったの!?」

「あはは。どうだろうな。だが、今日は気分がいい」

「えーっ、絶対治ったんだよ。お父さん、元気な顔してるもん！」

「ははは、そうだといいんだがね」

ステラを呼び寄せたのは最近のはずなのに、随分と懐かれている。

血の繋がる父親だからなのか、それとも人徳か。

羨ましさに花冠を握りつつロゼッタが唇を尖らせていると、ステラを椅子に座らせたピーターが近づいてくる。その足取りは確かで、昨晩まで寝たきりだった男のものとは思えない。

「エリクシルを飲んだようね？」

「ああ、君の考えに賛同するよ」

近づいた彼にロゼッタが囁くと、そう返ってくる。

実の父親がそばにいて愛情を注いでくれるなら、ロゼッタの役目などほとんど終わったようなものだ。

寂しさを覚えつつもほっと息を吐くロゼッタに、ピーターは続けた。

「だが……すまない。私の寿命は変わらないようだ」

「なっ……⁉」

「あとで話そう、ロゼッタ」

ステラの前ではやめようと言外に言う彼に、ロゼッタは唇を引き結んでうなずいた。

自分の寿命は残りわずかだと打ち明けたピーターのほうが申し訳なさそうな表情を浮かべている。

「さあ、みんなで昼食にしよう」

「やったー！　一人じゃないの、嬉しいな！」

「あらあら、旦那様はこれまでステラに寂しい思いをさせていたようね？　悪い人」

「まったくロゼッタの言う通りだ。すまないな、ステラ」

「これからは一緒に食べてくれればいいよっ」

元気に言うステラに、ピーターとロゼッタは顔を見合わせてうなずき合った。

これからはステラと一緒に食事をとろう。

終わりがあるというのなら、その日までだけでも、毎日。

はしゃぐステラと昼食を食べ、庭で遊び、夜ご飯を食べ、寝る前に髪の毛を梳かしてやり、寝かしつけるまで二人はそばにいた。

ステラが眠りについたあと、ロゼッタとピーターは夜の庭園を歩く。

「あれは確かにエリクシルなのだろう。まるで全盛期のような体力、気力が戻ってきている。……だが、寿命が近いのがわかるのだよ。いかな神の祝福でも、人の寿命はどうにもできないということだろう」

「あとどれぐらい生きられるのですか？」

ロゼッタが単刀直入に聞くと、嫌な顔もせず、ピーターは星を見上げながら答えた。

まるで、そこに答えが書いてあるかのように。

「およそ一ヶ月くらいだろうか」

「それまでの間に、ステラのしたいことを全部しますよ」

「ああ、そうしよう」

「あなたには悪いですけど、完全にステラが優先ですわ」

「私にとってもそのほうがありがたい」

「家族の肖像画を描いてもらいましょう」

「それはいい考えだね」

「……あなた、何も聞かないのね」

きっとロゼッタに対して疑問に思うことは一つや二つではないだろう。

それなのに、ピーターは何も聞いてこない。

「君が言いたいのなら話を聞こう。だが、そうではないのなら聞かないよ」

「こんなに怪しいのに？　ステラのためにも警戒くらいはしておいてくださる？」

「あはは！　私は素晴らしい妻を選んだようだ！」

笑いながら、ピーターはロゼッタの頭を撫でた。

「子ども扱いしないでいただけるかしら」

「君も私の子どものような年齢だ……すまない。余裕がなく、そのことをすっかり失念していた」

神からもたらされた天啓だけを頼りに、ロゼッタを妻に求めたのだろう。

成金男爵がなりふり構わず金に飽かせて手に入れた幼妻。

ロゼッタの目に自分がどう見えているのかも考えなかったらしい。

「ステラの母親とは恋人でね……いずれ迎えに行くと約束していたのに、気づいた時には行方知れずになっていた。いつか再会できた時のためにと男爵位を手に入れ、屋敷を購入し、いい生活ができるように色々と揃えていたが……病に倒れて天啓を受けるまで、ステラの存在すら知らなかったんだ」

天啓を受けて、自分には娘がいることを知ったらしい。

そして、ロゼッタという未来の継母の存在を知った。

「私は悪い父親だ。だが、君ならきっといい母親になれるだろう」

「私がろくでもない継母になった未来をきっと見ているでしょうに」

「たとえ私がそんな未来を見ていたとしても、君なら運命を変えてくれるだろう？」

「もちろん」

ロゼッタはきっぱりと断言する。

「たとえ世界を滅ぼす本物の悪となろうとも、ステラの幸せを優先しますわ」

「頼もしい限りだ」

ピーターが快活に笑う。その笑顔がステラと似ている。

この一ヶ月で、あと何個ステラと似ているところを見つけることになるだろう。

それをほんの少し恐ろしく思いながら、ロゼッタは夜空に浮かぶ星を見上げた。

狐(きつね)の恩返し

「お父さあん、おとうさあああああん！　うわああああんっ」

ピーターは天啓に教えてもらったという日に、眠るように亡くなった。

前日まで死ぬだなんて思えないくらい元気だったのは、エリクシルの恩恵だろうか。

葬儀を終え、ステラが棺(ひつぎ)に伏せて泣いている声が教会の聖堂に痛ましく響く。

「ほら……あそこにいるのが、例の」

「ピーターさんも、最後に若い女に引っかかっちゃってねえ」

「私はあの女狐(めぎつね)が金を持って逃げるに賭けるよ」

「ステラ嬢も、気の毒に」

葬儀の参列者の言葉に、ロゼッタは黒いヴェールの下で唇を噛んだ。

悪意のある陰口が耳に届くと、相変わらず胸に近い場所が痛む。ステラに関すること以外は全部無視すればいいだけだと頭では理解できているのに、どうしても体が思い通りに反応してくれない。

「ロゼッタ様、少々よろしいでしょうか？」

ヴェルナーが困り果てた顔でやってきたので、ロゼッタは立ち上がった。

ついていくと、参列者の男数人のもとへ連れていかれる。

身なりからして平民の富裕層だろう。高価な生地と仕立てのいい服に、微妙にマナーを外れた宝飾品——控えめな微笑(ほほえ)みを浮かべて値踏みしながらロゼッタは彼らに近づいていく。

三人の男達はロゼッタを笑顔で迎えて言った。

「この度は御愁傷様です、ロゼッタ様」

「ピーターはいい奴でした。お悔(く)やみ申し上げますよ」

「……ピーター様のお仕事仲間の方々でございます、ロゼッタ様」

「夫が生前お世話になったのね」

ヴェルナーの耳打ちにロゼッタが相槌(あいづち)を打つと、彼らは口々に自己紹介した。

ピーターの口からも話を聞いたことのある名前だった。

気のいい仲間達、という文脈で話を聞いたはずだったが、どうも違和感のある雰囲気だ。

「先程ヴェルナーとも話していたのですが、ピーターの仕事は膨大かつ広範で、王都から嫁いで一ヶ月のロゼッタ様には複雑怪奇極まりないでしょう？」

「特に帝国は税制がややこしいですからねえ」

「そこで、我々がピーターの仕事の整理を手伝って差し上げることにしたのですよ。元々、共に事業も立ち上げた仲間ですからね。それで、さっそくピーターの執務室に案内してもらおうとしていたところだったんです」

「ヴェルナー、わざわざロゼッタ様をお呼びして煩わせることなどないだろうに」

ヴェルナーが困った顔でロゼッタを呼ぶわけである。

この男達、現在シャイン男爵家の女当主となったロゼッタの了解も得ずに、男爵家の事業に手を付けようとしていたのだ。財産を盗もうとしていたようにしか見えない。

だが、ピーターは『困ったことがあれば彼らに頼るように』と言っていた。

類は友を呼ぶという。ピーター似の本物のお人好しの可能性もある。

ロゼッタは愛想よく言った。

「お気づかいいただき感謝しますわ。ですが——」

「遠慮される必要はないですよ、ロゼッタ様」

やんわりと断ろうとしたロゼッタの肩を乱暴に抱いて、男は無理やり彼女の言葉を中断させた。

「さあ、執務室に向かいましょう」

「重要な書類をしまってある棚には鍵が掛かっているだろう？　鍵を用意しておいてくれたまえ、ヴェルナー」

「離してくださる？　ちょっと！」

強くもがいているのに、男達はビクともせずにロゼッタを連れていこうとする。たとえ親切心であろうとも、このような扱いには我慢ならない。

ロゼッタは扇子を逆手に持ち替えて男の顔に振りかざした。男は慌てて避けて、彼女の腕を掴む。

「うわっ！　何をなさる！」

「何をするのかと聞きたいのは私のほうよ！　夫を亡くしたばかりの寡婦（かふ）の体に許可なく触れるなど常識がないの!?　離しなさい!!」

「声を荒らげるなんてみっともないですよ、ロゼッタ様」

「そうですよ、みんな見てます」

そう言われてぎくりと体がこわばり、ロゼッタは奥歯を噛みしめた。

貴族の女が悪目立ちを嫌うことを、このニヤニヤと笑う男達はよくわかっているのだ。

何が気のいい人よ、とロゼッタは亡きピーターに内心毒づいた。

「しかし、あの人のいいピーターが妻にした女性がこれほど簡単に暴力をふるおうとするとは思いませんでしたよ！」

「この調子じゃあ、いつステラ嬢に扇子（せんす）を振りかざすかわかったものではないな！」

男達はわざと声を張りあげて、周りの人々にも聞かせている。

周囲の人々が、『ああ、やっぱり』と言いたげな眼差（まなざ）しを向けてくる。

ゲームの中の継母（ままはは）もこうやって追い詰められていったのだろうか。

黒いレースの手袋の中の指先が冷たくて、油断すると扇子（せんす）を落としてしまいそうだ。

ゲームの自分もこういう連中に追いこまれて、そのストレスをステラにぶつけたのだとしたら――同情しかけた自分に、ロゼッタは吐き気がした。

その時だった。

「ロゼッタ様を虐（いじ）めないでください！」

聖堂に響いた甲高い声に、はっと顔を上げる。

「ステラちゃん、我々はむしろステラちゃんを助けようとしているところなんだよ」

「そんなふうには見えませんでした」

ステラは目を真っ赤に腫らしながら、男達に食ってかかった。

ロゼッタが男達に絡まれていることに気づき、涙を拭って駆けつけてくれたのだ。

相手は大の男三人。小さなステラからすれば、恐ろしいだろうに。

「本当はステラちゃんが受け取るはずのピーターの財産を、彼女が独り占めしようとしているのを、我々は止めようとしているんだよ」

「ロゼッタ様は、そんなことするような人じゃないです！」

「ロゼッタ様、ねえ。母と呼ぶなと言われているんだろう？　彼女が君を娘として認めておらず、大事にしていない証拠だよ」

「そ、それは……」

ステラが怯んだ。

ロゼッタは何度か母と呼ぶように言ってみたが、ステラは頑なにロゼッタ様と呼び続けている。

ステラに『母』と呼ばれればロゼッタは嬉しい。

だが、年齢が近すぎて言いづらいのだろうかと思い、ロゼッタは無理強いしなかった。

「ステラちゃんの財産は、お兄さん達が守るから安心しなさい」

「これは大人同士の話し合いだから、ステラちゃんはあっちに行っていようね」

「ロ、ロゼッタ様……！」

ステラに危害を加える気はないようで、男達が丁重にステラを追いやる。慌てた様子でロゼッタを振り返るステラに、ロゼッタは笑みで応えた。

ステラが目を丸くする。心配させるわけにはいかないと、ますますロゼッタは笑みを深めた。

泣かないようにする努力も必要だ。

ステラは小さな体でロゼッタを守ろうとしてくれた。その事実に涙腺が緩んで仕方ないけれど、今泣いたらステラを心配させてしまう。

そんな必要はもうないのに。今、ロゼッタはステラに勇気をもらったのだから。

ロゼッタは目を潤ませながらも決して涙を流さずに笑った。

「助けにきてくれてありがとう、ステラ」

前世、ゲームのヒロインならこういう時にきっと助けてくれる、と何度も想像した。

そんな想像だけで辛い出来事を乗りこえられたのに、本当にステラは助けに来てくれた。

ピーターを亡くしたばかりで、自分のことしか考えられなくても不思議ではないのに、ロゼッタを想ってくれたのだ。

それだけで、ロゼッタにはもう十分だった。震える指先に熱が戻り、体に力が湧いてくる。

背筋を伸ばし、ロゼッタは男達をまっすぐに見すえた。

「あなた達の助けなどいらなくてよ。とっととお帰りくださるかしら？」

堂々と言うと、中心にいた青髪の男が前に進み出る。

ブルーノと名乗った男だった。三人の中のリーダー的な存在だ。

「我々が助けようとしているのはピーターとステラ嬢、シャイン男爵家であって、厳密にはあなたではありません」

「私こそがシャイン男爵家の現当主代理よ。私の許可も得ずに当家の財産をどうこうしようだなんて、寝言はどうぞ寝ておっしゃって？　ヴェルナー、お客様がお帰りよ。お見送りして」

「ヴェルナー！　ピーターの友人である我々の厚意が君にならわかるはずだろう！」

「私はシャイン男爵家に仕える執事でございます。男爵夫人であらせられるロゼッタ様のご命令ですので、どうか皆様、お引き取りくださいませ」

ヴェルナーを懐柔できないと悟ると、再びブルーノはロゼッタを見やった。

「帝国は実力主義で、帝国の法に詳しくない異国の者に対して情け容赦いたしません。財産の相続にあたって帝国の法に詳しい者の助けがなければ、あなた方はピーターが築き上げた財産を失いかねないというのは厳然とした事実ですよ」

ロゼッタは眉をひそめた。これはおそらく事実だ。ピーターも生前は随分心配していた。

一ヶ月で十分な引き継ぎができるわけもなく、ロゼッタもヴェルナーもそんなことのために最期の時間を使うなと、仕事をしようとするピーターをたしなめたので、恐れてはいた。

「だから我々が助けようと名乗りを上げただけだというのにこの仕打ち、本来なら見捨ててやりたいところですが、恩あるピーターの娘であるステラ嬢のためを想って言っているのです」

他の二人の男よりも誠実に見える出で立ちで、ブルーノは真剣な顔つきで言う。

「我々ほどピーターの事業に詳しい者も、帝国の事業に詳しい者もおりません。謝罪をして、助けを乞うなら今のうちですよ、ロゼッタ様？」

これもまた、事実なのだろう。ピーターも何かあればこの男達に助けを求めるように、ロゼッタとヴェルナーに言っていたのだから。

だが、その手を取ることを、湧き出る嫌悪感が邪魔をした。

ロゼッタがいいと言っていないのに体に触れ、許可を出していないのに財産の整理に関与しようとした。

それはロゼッタを蔑ろにしただけで、ステラのことなら大事にしてくれるのかもしれない。

ステラのためなら我慢して、彼らの提案を受け入れるべきなのだろうか。

自分を蔑ろにされることくらい、目を瞑るべきなのか――

葛藤するロゼッタに、急に影が差す。

「帝国の商売についてでしたら、私がお力になれますよぉ！」

ロゼッタが驚いて振り返ると、そこにはヒューが立っていた。

「ロゼッタ様にお会いしたいと訪ねていらしたので、私の判断でご案内いたしました」

「マヌエラ……そう、ありがとう」

先日の聖園で、ロゼッタが懇願するヒューを聖園に入れてあげた時、マヌエラもその場にいた。

葬式に現れたヒューを、ロゼッタの知人だと判断したのだろう。

「シャイン男爵夫人、この度はお悔やみ申し上げます」

ヒューが礼儀正しくお辞儀するのを見て、ロゼッタはピーターの友人だという平民の商売人達が、自分を『ロゼッタ様』と馴れ馴れしく呼んでいたことに気がついた。使用人やステラ、俗世のしがらみを捨てた聖職者ならともかく、許可を与えていないのに、男爵夫人ではなく名を呼ぶのは礼儀に反する。

肩を抱くなど、論外だ。

軽んじられたロゼッタの側が謝ることなど、やはり何一つない。

ロゼッタはヒューに微笑みかけた。

「来てくれてありがとう。葬儀は終わってしまったけれど、気にかけてくれたことが嬉しいわ」

そう前置きして、ロゼッタは本題に入った。

「ところで、力になれるとはどういう意味かしら？」

「私は帝国出身の商人ですから、帝国での商売に詳しいです。帝国にある遺産の整理ならお任せを！　恩返しする機会をいただければ働きますともっ」

「まあ、心強い」

ここぞとばかりに聖園での恩ともつかない恩を返そうとしているらしい。

こんなところでせっかく皇帝に取りつけた恩を返されるのはもったいない気もしたが、ステラの財産が目減りするよりはいいとロゼッタは諦めた。

「私ならば彼らのようにシャイン商会を乗っ取ろうともしておりません」

「乗っ取るですって？」

ヒューの唐突だが聞き捨てならない台詞に、ロゼッタは眉をひそめた。

「な、何をいきなり!?」

「無礼だぞ！　横からしゃしゃり出てきておいて、おまえは一体何者だ!?」

ロゼッタを余所に、男達が慌てて言いつのる。

ヒューは殊更、恭しくお辞儀した。王国貴族のお辞儀として完璧な所作であるにもかかわらず、見る者を煽る不思議な力を宿していて、男達が顔を真っ赤にした。

「私はヒュー。帝国の行商人あがりの商人でございます。分野は手広くやっておりまして、この度王都にも販路を広げようと思って参りました次第です」

「ロゼッタ様！　ピーターと旧知の我々を差し置いて、どこの馬の骨ともわからぬ男の言葉を聞くのですか！」

ブルーノが喚いたが、ロゼッタはそちらにしらっとした視線を向けた。

「あなた方のことも私は知らなくてよ。それと、私はあなた方に名前を呼ぶ許可を与えた覚えはないわ。シャイン男爵夫人と呼びなさい。……あなたはロゼッタと呼んでよくってよ、ヒュー」

信頼を表現するためにロゼッタが言うと、ヒューは「ロゼッタ様のご許可もいただいたことですので」とにっこり笑った。

「ロゼッタ様、こいつら、帝国にあるシャイン商会の名義を勝手に書き換えようとしていますよ」

「デタラメだ！」

「私はロゼッタ様にご恩がありましてねえ、その恩返しをするため、僭越ながらロゼッタ様の身の回りのことについて調べさせていただいたのですよ」

ロゼッタは少しばかりドキッとした。

帝国の皇帝に調べられたということだ。王都でのロゼッタの行状についても調べたなら、異母妹を虐めて婚約を破棄された件まで知られているかもしれない。

だが、そうは思わせないにこやかな笑顔をロゼッタに向けながら、ヒューはブルーノ達に調査結果を突きつけた。

「そうしたら不思議なことに、シャイン男爵家が帝国で営む商会について、商会長死亡の届けと共に後継者だと名乗る人間が名義変更をしようとしているんですねえ。ロゼッタ様でもステラ嬢でもない者の名前で」

「なんという名なのかしら？」

「ブルーノ、という名前の平民の男でしたよ、ロゼッタ様」

「ピーターを友人だと言いながら、ブルーノ、あなたはピーターの事業をステラから奪おうとしたというの⁉　信じられないほど下劣ね！」

ブルーノは人目が気になるようだったので、ロゼッタは先程のお返しとばかりに声を張りあげた。

すると、ブルーノがぎろりと睨みつけてくる。

ヒューは再び恭しくロゼッタに向かってお辞儀した。

「ロゼッタ様から受けた恩をお返しするために、今日はそれをお伝えにきたのです」

「いいところに来てくれたわね、ヒュー。今、商会を乗っ取ろうとした犯人がのうのうとピーターのお葬式にまでやってきて、仕事を手伝ってやろうと押しつけがましく執務室に押し入ろうとしていたところだったの」

「執務室に入れず正解でしたよ、ロゼッタ様。商会に関する書類を抜き取られて改ざんされたら、取り返しのつかないところでした」

「デタラメだ！　みんな！　騙されないでくれ！　俺がピーターを裏切るわけがないだろう⁉　この女はこの男とデキてるんだ！」

ブルーノがロゼッタとヒューを指差して喚いた。

「はぁ？」

「ふしだらな女め！　自分の罪を隠すために俺に濡れ衣を着せるつもりだな⁉　神はおまえを見ているぞ！　姦淫の罰が下るだろう‼」

ブルーノがめちゃくちゃなことを言い出した。たとえロゼッタがヒューと付き合っていたところで、もう夫のいない身だ。誰に責められるいわれもないし、商会とはなんの関係もない。

「ブルーノさん、何を言ってるんだ……？」

「まさか、本当に乗っ取ろうとしたのか」

「やだ、あの人のいいピーターさんの娘さんから財産を奪おうとしたってこと？　信じられない！」

先程ロゼッタについて好き勝手言っていた人々も、さすがにブルーノがおかしなことを言っているのはわかるらしい。

「おい、ブルーノ。ピーターさんの財産がステラちゃんにきちんと渡るように、おれ達で守ろうって言ってたのに、嘘だったのか？」

「僕達を商会の乗っ取りに巻きこもうとしたのか⁉」

ブルーノについてきた男達のほうは完全に善意だったらしい。ロゼッタに対して敵意はあろうとも、ステラのための行動ではあった。

「う、うるさい！　一旦商会を俺の名義にしておくことで、この女が勝手に財産を使わないように保護しようとしたんだよ‼」

「ブルーノ、それはないぜ……」

「ステラちゃんの名義のままでも、できることはいくらでもあるだろうに。苦しい言い訳だ……」

仲間達ですら苦い顔をする。

言い訳をしようとして自分の罪を認めたも同然のブルーノは、唸(うな)りながら血走った目をぎょろぎょろとさせた。その目が小さなステラのところで止まったことに、ロゼッタが誰よりも早く気がつく。

飛び出したロゼッタがステラの体を抱えこむのと、ブルーノがステラに飛びかかるのはほとんど同時だった。

「ぐあっ⁉」

「故人の財産を奪おうとしたあげくに女子どもに危害を加えようとは、見下げ果てた男ですねえ」

ステラを抱えながら振り返ると、ヒューの手でブルーノが取り押さえられていた。片手でブルーノの腕をひねり上げて押さえこみつつ、ヒューはブルーノの仲間の男に冷たい表情で命じる。

「憲兵を呼べ」

「は、はい！」

ブルーノの仲間だった男を顎で使って、ヒューが憲兵を呼びに行かせる。

ジタバタ暴れて奇声を発するブルーノだったが、ヒューが押さえているとビクともしなかった。

「兄ちゃん、よくやった！」

「ども、ども」

「男爵夫人もよくステラちゃんを守ったわ！」

「えっと……」

先程までロゼッタの悪口を言っていた人達とは思えない反応に戸惑っていると、ブルーノを取り押さえたまま余裕の表情で声援に応えていたヒューが囁いた。

「手のひら返しに戸惑うでしょうが、大衆なんてこんなものですよ。こういう時は適当に笑って応えておけばいいんです」

「は、はあ」

大衆に好き勝手言われることに慣れている皇帝のアドバイスに、ロゼッタは素直に従う。

笑顔で声援に応えると、温かな拍手までをも送られた。

つまり、ロゼッタへの誤解が解けたということなのだろう。

現金なものだと思っても、悪い気はしなかった。

そして、憲兵がブルーノを連行する際、残りの二人の処遇が問題になった。

「シャイン男爵夫人、この度はご迷惑をおかけしてしまい、申し訳ありません、あなた様を誤解しておりました。まさかステラちゃんを身を挺して庇うような方とは思わず……」

「お、俺も、ただステラちゃんのためだと思って……申し訳ない」

大の男二人が頭を下げる。ロゼッタはそれを冷めた目で見やった。

「その二人もブルーノの仲間よ。連行してちょうだい」

「シャイン男爵夫人⁉ 我々は違うと——！」

「ステラのためだと言えば何をしても許されるとでも思って？ あなた方は私を侮辱し無理やり財産を奪おうとした。その事実は何も変わらないわ」

ぐっと言葉を詰まらせる男達の目に剣呑な光が宿るのを見て、ロゼッタは眉を跳ね上げた。

だが、彼女が言葉を続けるより前に、腕の中にいたステラが声を張りあげる。

「どうしてロゼッタ様を睨むの？ あなた達が悪いのに！」

「ス、ステラちゃん……」

「そんな目でロゼッタ様を見ないで！ ロゼッタ様は、お母さんって呼んでって言ってたもん！ でも、わたしが呼んでないだけだもん‼」

「そ、それは彼女に何かされたからとか、そういう——」

「ロゼッタ様はすっごく優しいよ！ だけどロゼッタ様をお母さんって呼んだら、お母さんをなんて呼べばいいのかわからなくなっちゃうから……！ だから呼べないのに、わたしが呼ばないせいで、ロゼッタ様が悪く、言われるなんて……っ」

濃紺の瞳に涙を浮かべ、悔しげにステラは唇を噛んだ。

「お母さんは魔物からわたしを庇って死んじゃって……ロゼッタ様まで死んじゃったらどうしようって……！　どうして、庇うの？　わたしのことなんか、庇わないでよぉ……！」

「ステラ……」

胸にしがみついてわんわんと泣き出したステラを、ロゼッタは優しく抱きしめた。

「あなたがそう思っていたなんて気づかなかったわ。ごめんなさい。でも、庇わないのは難しいわ」

「なんでよぉ……！」

「あなたが大事なんだもの」

ステラはボロボロと泣きながら優しく微笑むロゼッタを睨んだ。

「ロゼッタ様がわたしを大事に思う理由なんてないっ！」

「ステラは私を助けてくれたわ」

「そんなことした覚えないっ」

「さっき助けてくれたばかりじゃない。変な男達に囲まれて嫌なことを言われ、手が震えたわ。とても恐かったところに、ステラが私を虐めないでって言ってくれて本当に嬉しかった」

「でもわたし、言うだけで、何もできなかった……！」

「あなたの言葉が、私の心に勇気を与えてくれたわ。だからあの人達に言い返せたの。ステラのおかげなのよ」

ロゼッタの言葉はすべて真実だ。

瞳に星の輝きを持つステラの目は、ロゼッタの言葉の真実を見抜いたようで、その目に更にいっぱいの涙をためていく。

「わたし、本当は悪い子なの……！」

「あら、そうなの？」

「大嫌いな孤児院から自分だけ出られて、よかったって思っちゃったの……！　友だち、まだたくさん孤児院にいるのに……っお父さんと、ロゼッタ様と一緒にいられるのが嬉しくて、楽しくて、みんなのこと、忘れて過ごした……！　悪い奴なの……っ！」

「そんなあなたも大好きよ、ステラ」

「そんなのおかしいよぉ」

泣きながら言うステラをロゼッタは抱きしめた。

「おかしくないって信じてもらえるように、頑張るわ」

わんわんと声をあげて泣くステラの声だけが聖堂に響く。

抵抗していた男達も、自分達に向かう視線の鋭さに諦(あきら)めて大人しく憲兵に連れていかれた。

ロゼッタを憶測で悪く言っていた野次馬達もばつの悪そうな顔をして、ヴェルナーとマヌエラは温かな目で、ロゼッタとステラを見つめていた。

高みの見物【ヒューレート視点】

ヒューレートは宿の窓辺に腰かけ、窓からビエルサ領の町並みを見下ろしていた。

人々は呑気に日常を営んでいるが、邪神の封印が解けかけている証に、ダンジョンの魔物がじわじわと力をつけている。ダンジョンの最奥の魔物を倒して邪神の封印を戒め直すか、あるいは邪神の封印を解いてダンジョンごと滅ぼさない限り、いずれダンジョンが大氾濫を起こすだろう。

そうなればこの町にも魔物が雪崩れこんで終わりだというのに、そんなことも知らずにこの国は仮初めの平和を謳歌している。

「――以上が、現在時点の調査結果の全容でございます」

「本人と話している限り、聖女という感じはしないな。庶子の妹を虐待する悪人にも見えないが」

「妹への虐待は濡れ衣の可能性が高いようです」

顔を隠した怪しげな男の報告に、そちらを見もせずヒューレートは言った。

「まあ、よくある話だな」

子どもへの愛情が偏る親など、どこにでもいる。結果がピーターとの結婚なのだろう。

年齢差のある夫婦の常として、夫に先立たれた寡婦によく投げかけられる悪口の数々を受け、血のけの引いた顔をしていたロゼッタ。

入る頃合いを見計らうとマヌエラに言い訳して様子を見ていたヒューレートは、そんなロゼッタの姿を見て自分でも呆れるほど彼女に対する興味を急激に失った。

どうでもいい他者からの評価に振り回される女など、毛筋ほども面白くない。

そのまま見捨てようかと思ったが、祖国に誓って恩返しすると約束させられてしまった手前、その分だけは恩を返すために動いたが――

「血も繋がらない子を我が子として身を挺して庇う姿は聖女めいているが、善良という様子でもない。だが意に添わぬ結婚相手に聖女の宝物を差し出すのはいかにも聖女がやりそうな善行だ」

「聖女ですよ、きっと」

神のもたらす奇跡を信じる影の信徒。顔を隠していても目を輝かせているのがわかる。

「取るに足らない女にしか見えないが、あれが聖女か」

「そんな言い方をするのはよくありませんよ。陛下は帝国では厳しい修行をくぐり抜けた最上級の巫女や神官しかご存じありませんし、神は陛下の目には見えない人の心の奥底も見透かすんです」

「人がいいと評判のピーターのほうが聖者だったのかもしれないぞ。あるいは末期の慈悲を賜った善人か」

あんな女でも神が聖女と認めるのなら、どうして帝国から巫女や神官が輩出されなくなったのか。

原因はいくつか推測できている。

今、ヒューレートはその打開策を求めてこの地にいる。

あるいは、覚悟を決めるためにだ。

「最期の一ヶ月のピーターの様子を見るに、聖女の宝物はエリクシルの可能性が高い。寿命の尽きた人間に使わせるなど、惜しいことをする」

「神が天啓をもたらしたなら、その相手がロゼッタであってもピーターであっても、それは神がピーターの最期が安らかであることを望んだ結果ですので、惜しいと思うべきではありません」

お行儀のいい影の返事を面白がりつつも、ヒューレートはげんなりした。

「相変わらず敬虔な神の信徒だな、おまえは」

「もちろん、信徒である前に帝国の影であることを自負しております」

「わかっているとも。そうでなければ連れてこない」

慌てたように言う男に、ヒューレートはヒラヒラと手を振った。

「巫女から新たな覗き見情報が届くまではこのあたりに滞在している」

「神眼の託宣、と言ってください」

「はいはい」

帝国の影は皇帝絶対の苛烈な教育を施されている。

なのに、神への畏敬の念が高じて時折皇帝であるヒューレートに意見をする影。

そんな影を面白がりつつ、ヒューレートは言った。

「私は引き続き星女神の乙女の捜索を続けよう」

「シャイン男爵家の調査は終了ですか」

「いや、もう少し様子を見てみたい」

継子のステラを庇うロゼッタの姿が妙にまぶたの裏に残って消えないのが気にかかった。

帝国の巫女達がそうであったように、それが神の求める善であると信じれば、王国の聖女達も我が身を喜んで投げ出すのだろう。

だがロゼッタは、そういう雰囲気ではない。善も悪もなく、ただステラを愛しているようにしか見えない――


「大巫女からヒューレート様に早く星女神の乙女を探し出すよう伝えろと厳命されたのですが……」

影がおずおずと伝書鳩を務めるのに、ヒューレートは詭弁を弄した。

「星々は惹かれ合う運命だから、私が心のままに動けばいずれは星女神の乙女は見つかる。そんな私が今、シャイン男爵家を面白いと感じているなら、それは必然である――可能性もある」

「大巫女にそのままお伝えいたします……」

大巫女とヒューレートの間に挟まれてうなだれる影に、ヒューレートは笑った。

「王国を助けるための準備を進めておくためにも、王国貴族とのコネを作るのは都合がいいだろう？　助け方が同盟になるか支配になるかは、王国次第だがな」

窓の外の王国の束の間の平和を眺めつつ、ヒューレートは血のように赤い目を酷薄に細めた。

孤児院にお礼参り

「ようこそいらっしゃいました、シャイン男爵夫人！　私は当孤児院の院長のヴァスコと申します。本日は寄付でいらしたのかな？　シャイン男爵家の後継者を保護していたのは我々フランカ孤児院ですからねえ！」

揉み手で迎えた男を見て、ロゼッタは顔をしかめた。

調べによると、ヴァスコは元々この教区の教会の司祭で、孤児院の院長に推薦された人物だ。

そんな人物の贅肉だらけの体つきや、指に嵌まる宝石つきの指輪の数々を見ていると、ロゼッタはどうにも苛々がこみあげてくる。

はじめてステラと出会った時、見るからに彼女の栄養状態はよくなかった。

孤児院全体の経営が苦しいならばともかく、この体型を維持できるだけの食料と指に嵌まる石があれば、ステラがあんなにもボロボロにならずに済んだだろうに。

何をもってこのような男が神に認められ司祭の地位を占めているのか、理解できない。

今日、ロゼッタはステラが預けられていた孤児院にやってきていた。

「王国の孤児院ってこんな感じなんですねえ」

何故かヒューもついてきている。

葬式の日以来、何かと相談に乗ってくれるのである。

ゲーム開始までまだ六年もあるので、『暇なのだろうか？』とロゼッタが考えるほどシャイン男爵家に入り浸っている。

「色々と手伝ってもらって助かってはいるわ。でも、こんな田舎まで来る必要はなかったのに」

「これくらいお安いご用ですよぉ。ご恩のあるロゼッタ様のためですし」

バッドエンドではグラン王国はレガリア帝国に侵略される予定なので、ヒューは征服予定の王国の下見をしている可能性もあった。

そうなった時のためにも親しくしておいて損はない。

ただ、一つ気になるのがヒューがステラの攻略対象であることだ。

ヒューは難攻不落のキャラクターだし、ロゼッタの教育方針的にステラがヒューを攻略することは不可能である。

だが何よりも問題なのは、ステラがヒューに惚れること。

「ついてきてくれたのは心強く思っているけれど、あんまりステラに近づかないでちょうだいね？万が一にも手出しなんてしたら許さないわよ？」

ロゼッタはヒューに近づいて小声で凄んだ。

「私、九歳の女の子に手を出すような男に見えますか!?」

「あなたが手を出さなくても、ステラがあなたを好きになってしまわないように立ち回りなさい」

「むちゃくちゃ言いますね……!?」

「あなたは頭がよくて要領のいい人よ。その気になれば小さな女の子に惚れられないように立ち回ることぐらい造作もないと、私にはわかっているのよ……？」

「ロゼッタ様ってば、私のことをそこまで理解してくださってるんですねっ。これって、愛？」

いやん、と頬に手を当てるヒューを、ロゼッタはニコリともせず見上げた。

「私、ステラのためならなんでもする人間よ？　つまり何が言いたいか、わかるわよね？」

「あ、はい。この度準備をご一緒させていただいたので、十分承知しております……善処しますぅ」

一応の言質は取ったものの、不安の残る応答である。

この男に関しては注意しなければならないと警戒しつつも、ロゼッタは現在のことに集中する。

その後、ロゼッタ達は孤児院の中に案内された。

建物は古びていて隙間風が吹いているが、最低限の手入れは行き届いているようだ。

そう思えたのは院長室に繋がる応接室に入るまでだった。見るからにきらびやかで不相応に豪勢な調度品、隙間風のない温かな造りと、暖炉にごうごうと焚かれた火。

子ども達の生活スペースとの格差にロゼッタはげんなりした。

「ステラ、いい服を着せてもらっているじゃないか。それに、顔色もいい。いい家に引き取られてよかったねえ。これも神のお導きかな？」

ロゼッタと共にソファに並んで腰かけるステラに、ヴァスコが好々爺のような笑みを見せる。

だがステラはじろりと彼を睨みつけた。

「寄付金の話の前にいくつか確認しておきたいことがあるのよ。実は、ステラはこの孤児院で不当な扱いを受けたと言っているの」

「子どもの言葉をすべて真に受けるべきではありませんよ、シャイン男爵夫人。まだお若いから経験が浅いのかもしれませんが、子どもは嘘を吐く生き物です」

ヴァスコはすかさず諭すように言う。

「特に引き取られたばかりの子どもは、引き取ってくれた養父母によく思われたい一心で可哀想な自分を演じ、何か失敗をすれば元いた孤児院のせいにしがちです。ですがそれは、あなた様に愛されたいと願ういじらしい気持ちの表れなのです。捨てられまいと努力する、ステラの哀れな生きる知恵をどうぞ否定しないでやってください」

堂に入った説明ぶりだ。これまでに何度も同じ説明をしてきたのだろう、説得力がある。

普通の人間なら子どもの言葉を疑い、ヴァスコを信じてしまうのかもしれない。

丸めこまれる養父母を見て裏切られたと感じれば、子どもは本当に嘘を吐くようになる。そのせいで結局、養父母はヴァスコの言葉が真実だったと確信するのだろう。

「気になるのはステラの証言だけではないわ。私達シャイン男爵家がステラを発見したのは、夫がステラの母親に贈ったシャイン男爵家の紋章入りのロケットが質屋に流れているのを見つけたからよ。ステラはこちらの先生に母の形見のロケットを取り上げられて売られたと話しているわ」

正確に言うなら、ピーターが質屋に流れるロケットの天啓を受けたのだが、そこまで説明する義理はない。

「なんと……そんなことがあったのですか？」

ヴァスコが目を丸くするのが白々しい。

ステラは何度もヴァスコに訴えたと言っていた。だが、取り合ってもらえなかったという。

「ロケットを売ったのはこちらの先生らしいわ。ご存じなかった？」

「ええ、存じ上げませんでした。きっと証拠のあることなのでしょうね？」

「そうよ。質屋の店主の証言があるわ。ステラが質屋の店主に金を握らせて嘘の証言をさせているだなんて言わないわよね？」

「もちろんですとも。純粋な子どもにそのような悪知恵が働くわけがございません。そのようなことがあったとは露知らず、ステラには可哀想なことをしてしまいました。すまなかったね」

　ステラの話という、証拠がないものは決して認めないが、証拠が出そうなことはすばやく認め、謝罪もしてみせる。ひどく上手いやり方で、巧みな演技だ。

　本当にすまないと思っているように見えるヴァスコに、ステラは不安げにロゼッタを見上げた。

「ロゼッタ様、わたし、嘘なんて吐いていないです」

「わかっているわよ、ステラ」

　信じているとわからせてあげたい。その一心でロゼッタはステラの瞳を見つめ返した。けれど、ステラは不安げな顔つきできゅっと口を結ぶ。

　早くステラを安心させるため、ロゼッタは言った。

「申し訳ないと思うならひとまず、アメデロという男をこの場に呼んでもらえるかしら？」

「かしこまりました。アメデロを呼んできなさい」

　言いつけられた女はうなずいて出ていく。

　ほどなくして戻ってきたその女は、ふてくされた表情の男を連れてきた。二十代くらいの若い男だが、孤児院で働いているのが不釣り合いな不良の見た目をしている。

「あなたがステラからロケットを取り上げたアメデロね。何か言いたいことはある？」

「盗品だと思ったんですよ！　村娘が持っているようなものじゃないんで、村が魔物に襲われたどさくさで盗んできたんだろうと思ったんで、取り上げたんです。教育上よくないと思いまして」

魔物に襲われ母親に身を挺して庇われて辛うじて生き残った六歳の子どもが、どさくさ紛れに物盗りをしたと思ったのだと主張するらしい。

「あなたの言い分を一部認めるとしても、それを質屋に売った意味がわからないわ」

「オレもどうしたらいいかわかんなくて売っちまいました」

「悪意はないと言いたいの？」

「もちろんですよ」

にんまりと笑うアメデロの言葉に、ヒューが「おかしいですねえ」と聞こえよがしに声をあげる。

「質屋では盗品かどうかを確認するために、本人の所有物かどうか確認すると思うのですが。自分のものだと主張して売ったであろうあなたに、悪意がないなんてことがあるのでしょうかねえ？」

注釈を入れるヒューをアメデロはうっとうしそうに睨んでから、ロゼッタに頭を下げた。

「……それは申し訳ないと思ってます。すんません」

「私ではなくステラに謝ってほしいわ」

男は嫌そうにしながらも、ステラに向き直った。

「悪かったな……ステラ。おまえのものとは思わなくてさ」

「わたし、お母さんの形見だって何度も言いました」

「だけど、嘘だと思ったんだよ。そうじゃなかったんなら謝るよ。でもさ、オレがロケットを質屋に売ってなかったら父親に見つけてもらえなかったんだぜ？　感謝してもいいんじゃないか？」

「……っ」

ステラが下唇を噛んで黙りこむのを見て、ロゼッタは溜息を吐いた。

「もう言い残したことはないわね？」

「え？　ああ、はい」

「なら最後に、あなたが勝手にロケットを質屋に売ったことで発生した百二十万ゴールドを返済してもらえるかしら？」

「百二十万!?　オレが売った時は十万ゴールドだったぞ！」

「質屋の買い取り価格はそうだったわね。だけどそれを当家が回収する時にかかったのは百二十万ゴールドだったの。自分の非を認めた以上は、支払ってくれるわよね？」

「そんな金、持ってるわけないだろ！」

「そう」

ロゼッタはむしろそうであってほしいと思っていたので、微笑む。

「では、あなたのことは貴族の持ち物を窃盗した罪で憲兵に突き出すわね。確か、貴族への窃盗行為の罰は右腕の切断だったかしら。捕らえなさい」

ロゼッタは後ろに控えていた護衛の冒険者に命じた。

あらかじめ雇っておいた、ゲームにも名前の出ていた冒険者パーティーである。

パーティー名は青の疾風。ランクはCランクのゴールド級。

高い金を払っただけあって、彼らは速やかにアメデロを制圧して縄で拘束した。

ヴァスコが慌てた様子でソファから立ち上がる。

「男爵夫人⁉　孤児院で荒事は困ります！」

「孤児院で窃盗が発生しなければ荒事もなかったのに、従業員に恵まれないと苦労するわね」

ロゼッタがその抗議をさらりと流すと、アメデロは絨毯の上で芋虫のようにもがきながら叫んだ。

「院長！　助けてください‼」

「わ、私が金を立て替えましょう。彼も悪い人間ではないのです。ただ、子どもが窃盗をしていたとしたら、その成功体験の証である盗品を手元に置いておくのは子どものためによくないと信じて行動したのでしょう。善意からくる不幸なすれ違いです！」

「院長先生が立て替えるの。ふうん。お優しいのねえ」

「子ども達のために必死で働いてきた仲間ですので……！」

「そう。じゃあ、今すぐ払って」

「今は、手持ちが――」

「払えないなら払う意思なしと見て、この男の腕は二度と盗みを働けないようにしておくわ」

「院長‼」

「探しますので、少々お待ちくださいませ！」

探すと言いつつ、院長は隣の院長室に入ったかと思うとすぐに出てきた。

「こちら、百二十万ゴールドでございます！」

「ヴェルナー、確認なさい」

「かしこまりました、ロゼッタ様」

きっちり百二十万ゴールドあるのを確認し、ロゼッタは床に転がるアメデロを見やる。

「じゃあ、憲兵には寛大な処分を下すように言ってあげるわ、アメデロ」

「解放してくれるんじゃないんですか!?」

「貴族が物を盗まれて、弁償されたからってただ許すだなんて名誉にかかわるわ。訴えを取り下げることはあり得ないの。けれど、代金の支払いをもって利き腕を斬り落とされることはないように取り計らってあげる。感謝するのね」

「院長!?」

「アメデロ、ここは引き下がりなさい」

「……あとで助けてくださいよ」

余計なことを言うなとばかりにアメデロを睨みつけたヴァスコは、疲れた顔をして言った。

「シャイン男爵夫人、あなたは一体、何をしに来たのですか……?」

「もちろん寄付しに来たのよ。当家の後継者が恩を被った以上、そこはきっちりしておかないとね。だけど、問題が解決しないと快く払えないじゃない?」

「でしたら、もう問題は解決しましたね?」

「まだよ」

ロゼッタの言葉にヴァスコは目を剝いた。

「問題がすべて解決しないと気が済まない質なのよ。どうぞ最後まで付き合ってちょうだいね」

容赦なくにっこり笑うロゼッタを見上げたステラは、ほっとしたように顔をほころばせた。

その時、遠くから鐘の音が鳴り響いた。正午を告げる教会の鐘だ。

すかさずステラが言う。

「これからお昼ご飯の時間だから、ロゼッタ様に何を食べているか見てほしいです」

「いやいや、そんなものをシャイン男爵夫人に見せてどうするのかね？　貴族と平民では食べるものが根本的に違うのだし、何か誤解が生まれても困るだろう」

「誤解が生まれるようなものを食べさせているの？　是が非でも確認しないといけないわね」

「あ、いや……！」

ステラの発案に焦って（あせ）いる様子のヴァスコを置いて、ロゼッタ達は食堂へ向かった。

ヴァスコはロゼッタを無理やり引き留めようとしたのか手を伸ばしてきたが、護衛の冒険者のリーダーであるトマに阻まれ、諦めて（あきら）ついてくる。

「王国の孤児院の料理ってどんなものなんでしょう？　楽しみですね〜」

「あんた、帝国出身か？」

ヒューがどこか楽しげに言うと、トマが目を丸くした。

「はい。帝国の孤児院の出身なんですよぉ。帝国の孤児院では健康だけを考えた味も素っ気（そけ）もない料理を出されるんです。早く孤児院を出たい一心で、勉強にいっそう身が入るんですよぉ」

トマと会話するヒューにロゼッタは首を傾げ（かし）たくなる。

ヒューは表向き、帝国孤児院の出身ということにしているらしい。帝国でもっとも高貴な出自の人間の設定としては無理がないかと、ロゼッタは他人事ながら心配になった。

「帝国の孤児院か。競争を煽りすぎてるよな。皇帝の方針らしいが、あれはやめたほうがいいぜ」

「エッ、そうなんですか？　私のいたところは上手く機能してましたけれど……」

「帝国孤児院、何かと競争させて勝った奴だけ優遇するだろ？　あそこ出身の奴らの思考、やばいぞ。何をしてでも勝ち残る奴が一番偉いってなっちまってる。規則も法律もお構いなしだ」

「……規則を破った子は罰則を科されるので、そうはならない仕組みなのですが」

「それが通じるのは監督する教師達がガキどもより圧倒的に有能な時だけだ。ガキの頭がよすぎると、規則なんかないも同然。ガキが規則を破ったところで教師は気づけないわけだからな」

「はっ、確かに」

「優秀なガキの中には頭角を現す奴もいるだろうが、それ以外が行きつくところは大体、冒険者か犯罪者だ。で、冒険者になってもあれじゃ人間関係を築けねえよ。それでますます落ちこぼれる。俺達は悪ガキの面倒を見るのは慣れてるが、帝国の奴らがダンジョンのある王国に流れてくる頃には成人済みだから、矯正も難しい」

「そういうもの、ですか」

ふむ、とヒューが考えこむ。

皇帝本人の前で皇帝の政策方針に物申すトマに、ロゼッタはドキドキした。

そうしているうちに、ロゼッタ達は食堂に到着する。

「残すんじゃないよ!!　この穀潰しが!!　あたしだって腹が減ってるんだ！　おまえが食わないと

いつまで経っても仕事が終わらないだろう!!」

　金切り声に出迎えられて、料理を見る前からすでに気分は最悪である。

「カーラ！　今日は客人が来ると言っただろう！　騒ぎ立てるんじゃない！」

「ああん？　客人がどうしてこんなところまで？」

　食堂で怒鳴り声をあげていたのは、白髪交じりのカーラと呼ばれたエプロン姿の女だった。料理人だろう。だが、エプロンが汚すぎて調理の人間であることを信じたくない。

　その傍らには小さな男の子がいて、泣きながらスプーンを握りしめている。その目の前にはスープの皿が置かれていて、男の子の涙がポタポタと落ちて漣立っていた。

「どうしてその子は泣いているのかしら？」

「この子はうちに来たばかりでしてね、家で食べてた料理よりまずくて、食べたくないんだと」

　ロゼッタが訊ねると、カーラは吐き捨てるように答える。

「世の中にはこんな料理すら食えない子だっているのに、まずくて食いたくないからと、残させるのがこの子のためだとでも言うつもりかい!?」

「これはあちらに分があるのでは？」

　ヒューが囁くように言うが、ステラには聞こえている。うつむく彼女を見たロゼッタに睨まれると、ヒューは首を竦めてみせた。

　しかし、トマや冒険者達もカーラの意見に分があると思ったようだ。

「家庭料理とは比べものにならないだろうが、それが嫌だと言われてもな」

「でも、トマさん、本当に美味しくないんです」

「だとしても、孤児院に普通水準の料理を求めるのも違うだろ、な？」

トマが言いにくそうに、だが言外に贅沢だと言う。

言い分が認められそうにないと悟ったステラは泣きそうな顔になる。

そんな娘の頭を撫でて、ロゼッタは泣いている男の子に近づいた。

「スプーンを貸してくれる？」

「……いいよ」

すんすんと鼻をすする男の子にスプーンを借りる。以前のロゼッタなら平民の子どもの食べ残しなど生理的に受け付けなかった。けれど、今のロゼッタには子どもの涙がただ哀れで、汚いものとはとても思えない。

ロゼッタはスープを一口飲んだ。

「うっ⁉」

「男爵夫人が食べるようなものではございません！」

慌てたヴァスコが止めようとした時には、ハンカチにスープを吐き出していた。

「……最低。これ、おがくずで嵩増しされているわよ。これが孤児院で子どもに食べさせる普通の料理だと言うの？」

そうだ、と言われたらロゼッタにはなんの反論のしようもなかったが、ヒューが首を横に振る。

「帝国の孤児院では、おがくずはないです。健康に差し障る食材は許されていないので。王国ではありえるんです？　トマ？」

「王国のまっとうな孤児院でも、ない。……悪い、嬢ちゃん。これは家庭料理云々以前の問題だな」

「私も孤児院に分があると言ったことを訂正します」

トマがステラに謝って、ヒューも訂正してくれた。

ステラがほっと肩に入った力を抜くのを見てから、ロゼッタはヴァスコとカーラを睨みつける。

「これは一体どういうこと？」

「お貴族様が上から物を言うんじゃないよ！」

「俺は貴族じゃなくて平民の冒険者なんだが？」

「経営が苦しい孤児院がなんとか子ども達にお腹いっぱい食べさせてやろうと思って努力しているんだ！　それをなんだい！　部外者は黙っておいで!!」

カーラが甲高い声でトマに反論した。

「そう言うのなら、当然あなた達も子ども達と同じものを食べているのでしょうね？」

ロゼッタの言葉にヴァスコは怯んだが、カーラは堂々と胸を張った。

「もちろんですとも！　お貴族様にはわからないでしょうが、あたし達は子ども達のためにやりくりしているだけなんですからね」

その言葉が真実なら、ロゼッタもさすがに責められない。

むしろ立派なものだと思いながら、カーラにスプーンを突きつけた。

「そう、だったら、私の前でこのスープを食べてみせなさい」

「え？　いや、今は腹が空いていないですし――」

カーラはあからさまに挙動不審になり、ロゼッタは失望した。

「この子に無理やり食べさせようとしながら、あなたもお腹が空いていると言っていたじゃない？　ヒュー、この人のためにスープを一杯用意させて！　お腹が空いているらしいから、山盛りでね」

「かしこまりましたともっ」

ヒューに頼んだのは、頭のいい人だから何も言わなくともわかってくれるだろうという期待があったからだ。思惑通り、彼が厨房からよそってきたスープは、鍋の底に溜まったおがくずを塊ごとすくってきたかのようにドロドロだった。

「さあ、飲みなさい、カーラ」

「こ、こんなの飲めるわけがないだろう」

「どうして？　あなたが子ども達のために用意したスープよね？　健康に悪いわけがないわ。そうじゃないとおかしいでしょう？」

「院長！　この女はなんなんですか!?」

青ざめた顔のカーラがヴァスコに助けを求める。彼は苦渋の表情で言った。

「ステラを引き取ったシャイン男爵家の夫人だ。礼儀を弁えなさい」

「院長、あなたはカーラが子ども達にこんなものを食べさせていたと知っていて？　私が食べようとした時に、私が食べるようなものではないと止めようとしたけれど」

「まさか、おがくずが混ざっているとは思いませんでしたが……貴族のご婦人の口には合わない粗末なものであるのは間違いございませんので、お止めしただけでございます」

「そう、知らなかったのね。だったらこれはカーラ一人の罪ということね」

カーラが愕然とした表情でヴァスコを見やる。ヴァスコは視線を逸らし、目が合わないようにしていた。

「子ども達のために国からの援助があるはずなのに、おがくずを混ぜないといけないほど困窮しているなんて、そもそもおかしいわ」

「それは……！」

「国のお金を横領しているのでなく本当に物価高で困っているのなら、みんな同じものを食べているはず。あなただっておがくずを食べ慣れているでしょう。だから食べなさい、カーラ。食べられないのは有罪の証よ」

「男爵夫人のご命令だ。食べなさい、カーラ」

「院長、あたしを見捨てるんですか……？」

「違う、そうではない！　いいから今は食べなさい！」

院長に命じられ、カーラはスープの前に座らされた。恐怖の浮かぶ顔でスープを見下ろす彼女を、食堂中の子ども達が見つめている。

昼時なのだ。もしかすると、孤児院中の子がいるのかもしれない。

おがくずのスープを食べさせられてきた子ども達の無数の暗い目つきに気圧されたように、カーラはスプーンを手にとった。震える手でスープを掬い一口飲みこんだあと、すぐにそれを吐き出す。

嘔吐くカーラを見て、ロゼッタは顔を歪めた。

「そんなふうに吐くようなものを、よりによってステラに食べさせていただなんて……トマ、この女も捕らえなさい」

「かしこまりました」

「シャイン男爵家の持ち物を盗んだアメデロはともかく、カーラを捕らえるなど横暴がすぎます！」

「うちの娘におがくずを食べさせていた女を捕らえるな、と？　これは貴族への傷害事件よ？　まともに食べられないものを食べさせていたんだもの」

「しょ、傷害だなんてそんな、大げさな……！」

「それに国からの給付金を横領していた可能性が高いわ。貴族として見過ごせないわね」

ヴァスコの抗議を流していたロゼッタのドレスが、不意に引っぱられた。青ざめた顔でキョロキョロとするステラが言う。

「ロゼッタ様！　どうしよう！　ヴィリがいない！」

「ヴィリ？」

「ヴィリは、わたしと同じぐらいの男の子で、ここの孤児院の子です！」

ロゼッタもそれは知っている。何故なら、彼は攻略対象の一人だからだ。

「そのヴィリという子がいないと、おかしいの？」

「はい！　お昼ご飯の時間はみんないるはずなのに、ヴィリだけいないの、絶対におかしいんです！　カーラさんは食事の時間に遅れた子のために料理をとっておいたりしないから」

説得力のある理由に、ロゼッタはうなずいた。

「ステラの目から見ておかしなことが起きているのなら心配ね。どこを捜したらいいと思う？」

「たぶん、お仕置き部屋だと思います！　こっちです！」

物騒な響きの部屋の名を言いながら、ステラが走り出す。

トマのパーティーの唯一の女冒険者が手をあげた。

「この女にはあたしが責任を持ってスープを食わせとくよ」

「頼んだわ、ケリー」

「おっと、あたしの名前も覚えてくれているとはね」

手を振られて見送られ、ロゼッタはステラのあとを追っていった。

○●○

「ヴィリ！　誰かヴィリを降ろして！」

本館の外にある、離れの倉庫の中だった。

梁（はり）から下げられた縄に吊るされぐったりとしている少年の姿に、ロゼッタは絶句した。側には水の入った桶（おけ）があって、少年の頭から肩口が濡れている。

一体何がどうなればそうなるのか、想像もしたくない。

「おれのことは……いいから、おれが吊るされてれば……他の奴は院長に吊されずに、済むから……」

「トマ！　すぐにこの子を降ろして！」

「おれのほうが背が高いんで、おれがやります」

「そうね。ヤンツは手も長いものね。さあステラ、邪魔をしないよう離れましょう」

青の疾風の一員、ヤンツはロゼッタに名を呼ばれて目を丸くしつつ、ひょいとヴィリを持ち上げて縄を解いた。床に降ろされたヴィリは、ぼんやりした目つきでステラを見上げる。

「あれ……ステラがいるように見えるな……夢かよぉ……」

「夢じゃないよっ！　ヴィリ、わたし、助けにきたんだよっ」

ロゼッタはヴィリの濡れた頬に触れて顔をしかめた。ひどく熱い。

「熱を出しているわ。医者を呼ばないと」

「儂は医術の心得もある。診せてくれ」

「エンリケ、お金がかかる薬があるなら私が払うから使ってちょうだい」

冒険者の一人で、壮年のローブ姿の魔法使い、エンリケはロゼッタをちらりと見た。

「孤児から金を取るのはこのエンリケの主義に反するから気にせんでいい」

「エンリケさん、ヴィリは治るの？」

ステラの問いに、エンリケは髭をモゴモゴさせながら言う。

「ふむ。見たところただの風邪じゃな。この寒いのに倉庫なんぞに濡れた状態で吊るされていたせいじゃ。温かくして安静に寝ていれば直によくなる」

ステラは目にいっぱい涙を溜めて言った。

「よかった……よかったよぅ、ヴィリ、すぐによくなるって」

「私のローブを使ってあげてください」

「ありがとう、ヒュー」

ヒューが脱いだローブをロゼッタがヴィリに巻き付けてやると、トマが彼を抱き上げる。

「おれのことは……放っておいてくれ……院長は、誰かを痛めつけなきゃ……気が済まないんだ」

「おまえは他の奴らを守るために戦ったんだな。偉いぞ、ヴィリ。おまえは男の中の男だ。だが、もう休んでいいんだ。戦いはもう終わったからな——そうですよね？　シャイン男爵夫人」

「その通りよ、トマ」

ロゼッタ達が倉庫から出ると、倉庫の前にゼイゼイと荒い呼吸をしているヴァスコがいた。鈍重な体で追いかけてきて息が上がったまま、ロゼッタ達を睨みつける。

「勝手に、倉庫にまで押し入るなど、いくら男爵夫人でもあまりに礼儀に反しています……！　いくら貴族であろうとも、許されることではありません……！」

「子どもが虐待されているところに居合わせたのだもの。礼儀など気にする余裕はなくってよ」

「虐待など！　その小僧は悪さをしたのでしつけをしていたのです！　もしかしたら皆様には過激に見えたのかもしれませんが、その小僧はそうしてやっても心を入れ替えて真面目になるということのない、手のつけようのない悪童なのです！」

喚き散らすヴァスコの言葉に、ヒューは肩を竦めた。

「まあ、そういう子もいないとは言い切れませんねえ」

「お若い男爵夫人と違って、世の中をご存じの方ならおわかりかと思います」

その言葉に我が意を得たりとばかりにヴァスコはうなずく。ヴィリを抱き上げるトマの顔にも迷いが浮かぶ。ステラの言葉をすべて信じるロゼッタ以外の人間にとっては、ヴァスコの言葉にも一理あると考えてもおかしくはない。

旗色が悪いと感じたのか、ステラはロゼッタの服を引っぱって叫んだ。

「ロゼッタ様！　ヴィリはそんな子じゃないです！」

「おまえはその言葉に責任を持てるのか？　ステラ！」

ヴァスコのがなり声に、ステラがビクッと体を竦ませる。

「おまえが出ていったあと、ヴィリはおまえを裏切り者と呼んで荒れていたのだぞ。今回しつけをしたのも、暴れていたからだ。手当たり次第にあちこちのものを壊して、皆に迷惑をかけて憂さ晴らしをしていた。だからここに吊るしたのだ！」

「う、うそ……！」

「嘘だと神に誓えるのか？　見てもいないのに断言するか！　その言葉に命を懸けられるのか⁉」

「うっ……ううっ」

いきり立つヴァスコを前に涙目になるステラの華奢な肩を支え、ロゼッタが進み出た。

「ステラの代わりに私が命を懸けてさしあげるわ」

「ロゼッタ、様……!?」

ステラが驚きの表情で見上げる。そんなステラに、ロゼッタは微笑んだ。

「神にだって誓ってあげるわ。ヴィリはそんな子じゃないと」

この世界では、神というものは存在し、ともすればこちらを見ているかもしれないものだ。

普通の人間は畏れ多くて、軽々しく神に誓うことも、命を懸けることもしない。

それをするのは本物の善人と、神なんて存在しないと思っている本物の悪人くらい。

ロゼッタは神が存在すると知っているが、この国の滅びを傍観しようとしている悪人。どちらでもない例外だ。

「な、何を根拠に。神を冒涜するつもりか！」

「神を冒涜するつもりなどないわ。あなたこそ神に誓ってヴィリこそが悪だと言ってくださらない？」

「ぐっ……！」

「誓えないなら嘘を吐いているのはあなたのほうね？　ヴァスコ院長」

神がこれほど身近な存在なのに、軽々しく誓いを破る司祭や司教がいる。

それはおそらく、普通の人より神に働きかける回数が多いだけに、誓いを破っても罰を受けない者や悪事を犯しても神罰を受けない者達を目の当たりにする機会が多いせいだろう。

だからやがて、平気で誓いを破るようになる。

神はいないと確信を持つに至った真に邪悪な者達は――

「ち、誓ってやる！」

ヴァスコは震える声で言い放った。その震えは神への畏(おそ)れのためか、ただ寒さのせいか。

子ども達が建物から何かに惹(ひ)かれるように集まってくる。

灰色の寒空の下、上着もなく薄手の長袖の襤褸(ぼろ)を着ただけの姿だ。寒いだろうに、どうしてもこれから起こる何事かを目にしたいと切望しているかのようだった。

顔色の悪い大人達もその後ろからやってくる。ロープで縛られたアメデロも、土気色の顔をしたカーラも、ケリーに俵(たわら)のように担(かつ)がれ運ばれてくると、地面に転がされた。

「私がヴィリにやっていたのは単なるしつけだ！　ヴィリは悪魔のような悪童であり、この邪悪な魂(たましい)を改心させるためには苛烈(かれつ)な体罰が必要だったのだ！　私は悪くない！　私は正義だ！　私はヴィリを正しい道に導こうとしただけだと——神に誓って断言する！」

ヴァスコが神に誓った瞬間、灰色の薄曇りの空に青白い稲光が轟(とどろ)く。

ロゼッタがとっさにステラの目元を手で覆(おお)った瞬間、天から落ちた稲妻がヴァスコの体を脳天から貫(つらぬ)いた。

「ギャアアアアアアアアアアアアア!?」

ヴァスコは凄(すさ)まじい悲鳴をあげると、黒焦(くろこ)げになって仰向(あおむ)けに倒れ、絶命した。

しん、と静まり返った場で、誰よりも先に動いたのはロゼッタだ。キッと天を見上げて怒鳴る。

「子ども達の前でなんてことをするのよ!?　天罰を下すならあとでにしなさいっ!!」

ロゼッタからしてみれば、神はいつもステラを見ている。

ただ神と呼ばれている、だけどゲームの中では『星女神』と呼ばれていた存在。

どちらにせよ、神は間違いなくこちらを見ているのだ。

だから、いつもは不義を見過ごす神も、今ばかりは嘘偽りを神に誓ったヴァスコを見ていたのだろう。それが理解できるからこそ、ロゼッタは神に我慢できなかった。

「子ども達が心に傷を負ったら責任を取りなさいよ？　いいわね!!」

子ども達と言いつつ、ロゼッタが気にしているのはステラだけである。

いつの間に目を覆うロゼッタの手の隙間からステラはヴァスコの亡骸を食い入るように見ていた。

「ステラ、大丈夫？　恐くない？」

「……院長先生に天罰が下ったってこと、ですよね？」

「そうよ。悪いことばっかりしているからね」

ステラは茫然とした顔つきでヴァスコを見ていたかと思うと、じわじわと顔に微笑みを浮かべる。

「つまりヴィリはわたしを裏切り者なんて言ってないってこと、ですよね？」

「そういうことになるわね」

ステラはそれだけを気にしていたらしい。ロゼッタがうなずくと、花のような笑みを浮かべる。

「ヴィリは悪くないし、悪い院長先生はいなくなったってこと？」

「ええ、そういうことよ」

「やったあ！　やったー!!」

天罰で死んだヴァスコの姿にショックを受けるかと思いきや、ステラは大喜びである。

そういえば、ゲームで敵を倒した時にも素直に喜んでいた。特に葛藤（かっとう）する姿を見た覚えはない。そうでもないとレベル上げのために魔物を倒すなんてできないか、とロゼッタは明るいステラの様子に安堵（あんど）の息を吐（つ）いた。

ステラの喜びは孤児達にも広まっていく。

「やった！　やった！　院長先生が天罰で死んじゃった！」

「毎晩お祈りしてたんだ！　だから神様が悪者をやっつけてくれたんだ！」

「ありがとう！　神様！　ありがとー！」

喜び、神に感謝を捧（ささ）げ、子ども達は踊った。その喜びの舞に呼応するかのように灰色だった空の雲は晴れていき、先程雷が落ちたことが嘘のように晴天の青空が広がっていく。

「昼間なのに星が流れてるぞ。どうなってんだ？」

「神の祝福じゃな」

トマの言葉に、エンリケが応えた。

太陽輝く真昼の青空に、太陽にも負けず輝く星が瞬（またた）いては長い長い尾を引いて消えていった。

○●○

あのあと、ロゼッタが呼んでおいた近所の教会の司祭と修道女達が後始末をしてくれた。

「こんなことのために呼んだのではないのに、ごめんなさいね」

「天罰で亡くなった方のことですから、我々の分野ですよ。しかも、聞けば司祭の資格をお持ちの方とか……お恥ずかしい限りです」

司祭のオネストがうなだれた。

ロゼッタは孤児院の院長が雷に打たれて亡くなった、としか伝えていない。

だが、子ども達が天罰だと騒ぎ立て、孤児院の大人達は怯えきって震えている。その上、亡骸は雷に打たれて焼け焦げているわけで、司祭達の目にも天罰だとしか思えなかったらしい。

見知らぬ人間だろうに、司祭というだけで同族意識があるのか、恥じ入るように溜息を吐く。

「これまでの人間は全員解雇したわ。新しく雇ったのはあなた達と、あとは料理人くらいね。今後はあなた達にフランカ孤児院を任せるから、いいようにしてちょうだい」

「神に恥じることのないよう、誠心誠意努めさせていただきます」

ロゼッタは孤児院に来る前に、ビエルサ領主からこの孤児院の運営権を丸ごと買っていた。ありとあらゆる手続きをすっ飛ばし、金に物を言わせた最短ルートでステラの悩みを解決する方法を選択した結果がこれである。

孤児院の主となったことを隠し、寄付金を払うと見せかけて院内を案内させたのは、ステラの聞き取りの中でも特に悪質だったアメデロとカーラを逃がさないようにするためで、それ自体は上手くいったのに最後にとんだ事件が起きてしまった。

孤児院の運営者として従業員は全員解雇する予定だったので、後任を近くの教会の司祭にあらかじめお願いしておいたのだ。オネスト司祭と彼が選んだ三人の修道女達が、今後はこのフランカ孤児院を支えてくれる手はずである。

最後に、ロゼッタは何げない口ぶりで言った。

「一つだけ、この孤児院に気に入らない意匠があるからそれを壊すつもりだけど、気にしないで。あとで修理の手配もしておくから」

「ここはロゼッタ様の孤児院ですから、ご随意に。なんでしたら、名前もロゼッタ孤児院と改めましょうか？」

「いらないわよ。この孤児院を設立したフランカに申し訳ないでしょう」

「夕飯ができましたよー」

修道女が呼びかける前から、窓の外の子ども達が「いい匂いがする！」とはしゃいでいた。

「我々も行きましょう、ロゼッタ様」

「ええ、そうね」

今夜は、ロゼッタ達も孤児院に泊まる予定だ。

ステラも孤児院の友人達と積もる話があるだろう。

ロゼッタとオネストは孤児院長室を出て歩いていく。渡り廊下に差し掛かったところで、近くの茂みがガサリと揺れて、そこから男が飛び出した。

「よくも俺達の人生をめちゃくちゃにしてくれたな‼」

「ッ⁉」

この孤児院に勤めていた者の一人だろうが、ロゼッタの記憶にはない。解雇を言い渡した者達の中にいたかもしれないが、特に興味がなく顔を覚えていなかった。

荷物をまとめて孤児院を去るように言い渡して、とっくに去ったと思っていたのに、こんな場所に潜んで復讐の機会をうかがっていたのだ。顔を歪めて真っ赤になった男の手にはナイフが握られていて、ロゼッタはとっさにオネストの前に出た。

凶相の男が迫る一瞬、自分の行動を不思議に思う。

ステラを身を挺して庇うなら、自分でも理解できる。

それなのにどうしてステラ以外の人間まで庇っているのだろう。

でもきっと、ヒロインならこうするだろう――とロゼッタは迫りくる刃を見ながら思った。

「ロゼッタ!!」

自分の名を呼ぶヒューの声が聞こえたかと思うと、体を抱きかかえられる。

次の瞬間、飛びかかってきた男はヒューの短刀の一振りで喉笛を掻き切られていた。

苦しみもがく男の姿に釘付けになる視界を遮るように、ヒューがロゼッタの顔を覗きこむ。

「ロゼッタ！　私を見ろ!!」

「あ、ヒュー……」

「私の目を見て、呼吸することだけに専念するんだ」

そう言われてはじめて、ロゼッタは呼吸がままならなくなっていることに気がついた。

殴りかかってきただけのブルーノの時とは違う。

あの男はロゼッタを本気で殺そうとしていた。

息が苦しくて、パニックになりかけたロゼッタが暴れそうになるのをヒューが拘束し、ただ自分の赤い目にだけ集中させる。血のようにどす黒い赤い瞳に吸いこまれそうな心地がしたその時、ロゼッタは自然と息が吸えていた。

「……これくらいのことで怯えるくせに、どうして身を挺して司祭を庇ったりするんです？」

ヒューが困惑したように言う。いつの間にか、敬語に戻っていた。

「私にだってわからないわよ……どうしてか、体が動いてしまっただけで」

震えながら言うロゼッタに、彼は呆れたように言った。

「度胸があるのかないのか、本当にわからない人ですねえ、あなたは」

ロゼッタが震えているうちに、オネストが指揮を執ってその場を収めてくれた。駆けつけたトマがロゼッタに頭を下げる。

「すまん！　あんたの護衛をするのが俺達の仕事だったのに、油断していた……！」

「本当ですよ。ロゼッタ様の護衛もせず、何をしていたんです？　私がいなければロゼッタ様は死んでましたよ」

ヒューに改めて言われてロゼッタは震えた。

ステラのために孤児院の不正を糺そうとした。そのために入念に準備をしてきたのに、それでもロゼッタは死にかけた。

「依頼料は減額してくれ」

「……私も、まだ危険が残っているとは思っていなかったわ。だから気にしなくていいのよ」

「甘いですねえ、ロゼッタ様。こういうのは結果で判断するべきですよ」

「ヒューの言う通りだ。護衛は帰るまでという話だったのに、俺達は甘い判断で護衛の任をまっとうしていなかった。これで依頼料を満額もらったりしたら、青の疾風の名が廃る。頼む」

「……そこまで言うなら仕方ないわね。あなたの申し出を受け入れるわ」

トマに頼みこまれてロゼッタは減額に応じた。

ヒューがそれでも聞こえよがしに呆れたような溜息を吐く。

「まったく、青の疾風が自ら依頼料の減額を申し出ていなかったら満額払うつもりだったんですか？　呆れ返りますよ、ホント。その甘さ、ほとんど無能さと同義ですよ。あなたが帝国人なら貴族だろうととっくに淘汰されていますからね」

終わったことなのにネチネチと嫌味を言ってくる。

相手が皇帝だと思うとぐうの音も出ず、ロゼッタは諦めて嫌味を受け入れた。

不思議と、ヒューの嫌味を聞き流しているうちに震えが収まる。トマは苦笑しながら言った。

「ヒュー、ロゼッタ様が心配だったのはわかるが、平民の商人の身でそれは言いすぎだ。ロゼッタ様は貴族だぞ」

「心配？　私が？　は？」

「その反応はなんだよ。照れてるのか？」

トマにからかわれるとヒューは無表情になる。トマは引いた顔をした。

「おい、おまえその顔、恐いぞ」

「……久しぶりに血を見て気が昂ぶっているようです。頭を冷やしてきます」

そう言うと、ヒューはくるりと踵を返してその場を足早に立ち去る。

まるでその反応は図星のようで、ロゼッタはトマと顔を見合わせて笑ってしまった。


「みなさん、もう待ちきれないようですね」

「先に食べていてよかったのに……」

「ロゼッタ様がいらしていないのに、食べられなかったのでしょう」

青の疾風が後始末を引き受けてくれたので、ロゼッタとオネストは食堂にやってきた。

幸いにも子ども達はみんな食堂にいて、騒ぎを知る子はいない。久しぶりのまともな食事を前にお預けにされた子ども達の顔を見ていると、冷たく凝っていたロゼッタの心が解れていくようで、自然と微笑むことができた。

「みなさん、長ったらしいお祈りは今度からにして、今日はお二方に感謝を捧げましょう。お一人は神です。神がみなさんをお助けになったことは、私よりもみなさんのほうがよくご存じだと思います」

「もうひとりはー?」

「ロゼッタ様です。ロゼッタ様がみなさんを助けようと動いてくださったからこそ、神も前孤児院長の悪事に気づき、みなさんを助けることができたのです」

「神様、ありがとう！　ありがとう、ロゼッタ様！」

「ロゼッタ様、ありがとうございます！」

次々と投げかけられる感謝の言葉に、ロゼッタは笑みを浮かべて応えた。

「あら、私はステラのためにやっただけだから、あなた達を助けてと言ったステラにお礼を言うことね」

「えーっ、わたし!?」

ステラが目を丸くする。思いも寄らなかったらしいが、単なる事実だ。

「ステラおねーちゃん！　ありがとー!!」

「わたしは、何もしてないのに……」

「孤児院のことを私に話してくれたじゃない？」

「ちゃんとした大人に助けを求めてくれたじゃん！　何もしてなくないよ！」

「ステラ、ありがとう!!」

「……どういたしまして、えへへ」

困惑していたステラも、友人達に囲まれて畳みかけられると、やがて嬉しそうに破顔する。

「わぁっ、スープ、美味(おい)しい！」

歓声をあげる子に釣られるようにスープを一口飲んで、ステラはほっと顔をほころばせた。

「よかった……」

今後孤児院でも美味(おい)しい料理が出てくると思えば、ステラも罪悪感を覚えずに家でも美味(おい)しく食事ができるだろう。そのためだけに料理の腕に評判のある男を孤児院の近くの食堂から引き抜いて、それなりの給金で雇っている。

　オネストも舌鼓（したづつみ）を打ちながらにこやかに言った。

「ロゼッタ様が料理の上手なコックを雇ってくださったおかげですねえ」

「ロゼッタしゃま、ありあとー！」

「いちいち私に振らないでちょうだい。悪い人を憲兵に突き出してくれた冒険者のお兄さんお姉さん達にでも感謝なさい」

　ロゼッタは、先の反省を生かしてロゼッタについている四人の冒険者達に矛先（ほこさき）を向けて、顔を伏せた。手が震えて、スプーンで上手くスープを掬（すく）える気がしない。

　食欲もわかなくて、諦（あきら）めてスプーンを置いた。

「ぼーけんしゃのおねーちゃ、ありあと！」

「あはは！　どーも」

「おじちゃん達もありがとう！」

「おじ……!?　おれも入ってるっすか!?」

「ヤンツ、諦（あきら）めな。子ども達から見れば儂（わし）もおまえも等しくおじさんじゃ」

「いくらなんでもエンリケとは等しくないっす！」

「あたし達を雇ったのはロゼッタ様だから、ロゼッタ様に感謝しろ～」

「ステラのママ、ありがとうございます！」

「あら、どういたしまして」

再び御礼の言葉が返ってきてしまったものの、ステラのママというのは悪くない響きである。

ロゼッタがにっこり微笑んで言うと、その性格を察した賢い子ども達がロゼッタをステラの母と呼んで次々にお礼を言った。ロゼッタは気分よく相槌を打ち続ける。

そんなロゼッタを、ステラが唇を尖らせて見つめていた。

○●○

真夜中、ロゼッタは一人、起き出した。

ステラは友人達と一緒に寝たいというので、ロゼッタは一人で客室にいた。

夜着の上にガウンを羽織り、燭台を手に客室を出る。窓に面した廊下は、窓から入る星明りで燭台が必要ないほど明るい。

目的地へ向かって静かに歩き出そうとしたロゼッタの肩を、何者かが後ろから掴んだ。

「ヒッ⁉」

「私です、私！　ヒューですよぅ」

「驚かせないでちょうだい……！」

そこにはヒューが立っていた。彼もまた夜着姿で見るからに隙だらけ、間抜けな雰囲気すらある。

「私は眠れなくて散歩していたところですよぉ。私って、枕が変わると眠れなくなる繊細なところがある質でして。ところでロゼッタ様は一体、何をなさっているんです？」

「……私は床を壊しにいくところよ」

ロゼッタは少し迷ったものの、正直に言った。

どうせ明日になれば露見することだ。隠すつもりはない。

「床？」

「気に入らない絵が描かれた床があるのよ」

「絵なんて描いてありましたっけ？」

ヒューがきょとんと首を傾げる。

ロゼッタのように気にしていなければ、誰も存在にすら気づいていないだろう。

ステラのためにやるべきことがあった孤児院だが、実はロゼッタには他の用事もあった。

「じゃあ、私は行くわ」

「昼間あんなことがあったというのに、一人でですか」

できるだけ秘密裏にこなしたかったので、護衛の冒険者も置いてきた。

だがロゼッタだって、恐ろしくないわけじゃない。ヒューに不意に話しかけられただけで心臓が胸を突き破りそうになったし、全身が震えている。

そんなロゼッタを見ていたヒューが、はあ、と溜息を吐く。

「私も同行しますね、ロゼッタ様」

「はあ？　なんのためによ」

「床を壊すというのなら男手が必要でしょう？　お手伝いいたしますよ」

淡々と言うヒューに、ロゼッタは少し震えがましになるのを感じた。

「……そうね。あなたがいたほうが便利かも」

「信頼と安全と便利のヒューですとも。どうぞご入り用くださいませ」

ヒューが恭しくお辞儀する。

本国の忠臣達はこんなことを言っている主を見たら、泣くのではないだろうか。

そんなくだらない想像をしていると、震えがやっと止まった。

「こっちよ」

昼間のうちに場所は確認している。

迷いなく歩いていくロゼッタのあとを、ヒューが足音も立てずについてくる。

目的地は孤児院の本館から離れた、ヴィリが吊るされていた倉庫だ。真っ暗なその中を、燭台を掲げて分け入る。

「あの木箱の下あたりよ」

山と積まれた木箱を、ヒューがすぐさまどかしていく。ロゼッタは木箱の下にあった絵に燭台の火を掲げた。

「これは……気色の悪い絵ですねえ」

ヒューの言う通り、それは気色の悪い、首を鎖で繋がれた子ども達の絵だった。

鎖で数珠繋ぎに繋がれて、どこかへ連れていかれている。

「孤児院に似つかわしくない、反吐が出るような絵でしょう？　なんでこんな絵があるのかしら」

「よく気づきましたねえ。隠れていたのに。ステラ嬢が言っていたんですか？」

「自分で気がついたのよ」

ステラに口裏合わせのための嘘に吐かせるわけにはいかない。ロゼッタは自分で嘘を抱えこんだ。

気づいたわけではなく、ロゼッタは知っていた。

ゲームでは、ヒロインには二つの選択肢がある。

ステータスを上げて自らの力でグラン王国の表舞台に立つか、物語の進行上、星女神の乙女として自動的に発見されるか。発見されるより前に、自分で自分のステータスを上げて表舞台に出るほうが攻略ポイントを多く獲得できる。

だが、いつまでもステータスを上げられず、表舞台に進出できなければ、物語の進行上、王都の大司教によってヒロインが星女神の乙女であることが判明するイベントが発生するのだ。

王都の大司教は、天啓でヒロインに繋がる三つのイメージを得る。

このイメージがどれもヒロインに繋がっているのだ。ゲーム的に言えば大司教が三つの手がかりを手に入れる前にステータスを上げて条件をクリアし、王都の大教会の門を叩かなければならない。

その、大司教が得る星女神の乙女の手がかりのうちの一つがこの絵だ。天窓から降りそそぐ光の先にあるこの絵のイメージが、大司教が神から得るヒロインの手がかりとなる。

この絵が発見されることで、ヒロインが暮らしていた孤児院が判明するのだ。

この国を救わせるために星女神の乙女を見つけ出そうとしている教会から、そしてこの国から――ステラを探すための手がかりを永遠に消すことが、ロゼッタの目的だ。

ロゼッタは昼間のうちに入り口に置いておいた槌を拾い上げた。思っていたよりも重くて、ふらつく。

「よければ私が壊しましょうか？」

見かねたのか、ヒューが自ら申し出る。ロゼッタは唇を尖らせつつ槌を明け渡した。

「危ないので離れていてくださいね」

その言葉に従ってロゼッタが離れると、ヒューは槌を振り上げる。

「せーのっ」

一振りで、バキッという音と共に床に槌がめりこんだ。

ひどい音がしたが、ここは離れなので本館までは届かないだろう。そういう場所だからヴィリの拷問場所に使われていたのだ。

「その調子よ。粉々になるまで壊してちょうだい」

「人使いが荒いですねえ～」

そう言いつつも、ヒューは槌を振るう。

「あと一発入れたら崩れそうです。もっと離れて」

言われた通りロゼッタが更に離れると、ヒューが槌を大きく振り上げた。

「よいしょっとぉ！」

バキッという音と共に槌が床の下まで貫通した。

ヒューがその槌を引き抜いたあと、そこにあったものを見てロゼッタは顔をしかめた。

「……地下へ続く階段がありますけど、ロゼッタ様ってこれ、知っていました？」

「知るわけないでしょう」

ヒューに問われ、困惑しつつロゼッタは答えた。

確かに彼の言う通り、壊した床の下には階段が続いている。その先は暗く、どこまで続いているのかわからない。

「この絵は、下に続く階段を隠す扉だったってこと……？」

「ご存じないのに壊そうとした、ってことですか」

くっ、とヒューが笑った。ロゼッタが眉をひそめると、肩を震わせながら謝る。

「くく、く、すみません。こんなに立て続けに色々起こると、くっ、ふふっ、おかしくて……！」

「何が面白いのよ。明らかに、いい目的のために使われていたとは思えない空間よ、これ」

「何に使われていたのか、見に行きましょうか」

「暗いのに、危なくないかしら？　明日の朝を待ったほうがいいんじゃなくて？」

「うーん……ロゼッタ様がそれでいいのであれば、よいのですが」

ヒューは意味深な前置きをしてから言った。

「鎖に繋がれた子どもの絵を見て私の頭に浮かんだのは、もしや人身売買に手を染めているのだろうか？　という疑問です。もしこの想像が正であるなら、この下に養子縁組されたはずの子どもがいたりして？」

「恐ろしいことを言わないでちょうだい！　さっさと様子を見に行くわよ！」

「あくまで想像ですよぉ」

先陣を切るロゼッタに呑気な物言いのヒューがついてくる。

だが次第に、彼の想像が当たっている可能性が高くなってきた。

「最低だわ……」

階段の先にあったのは、鉄格子の嵌まった牢屋だった。

不幸中の幸いは、そこに閉じこめられている人間はいなかったことだ。だが――

「グルルルルルル……！」

「狐……？」

最奥の牢屋に、六匹の、真珠色に毛先だけ金色の子狐達が閉じこめられていた。ロゼッタ達が近づくと鉄格子に体当たりして、威嚇する。ヒューは息を呑んで鉄格子ににじり寄った。

「まさか、おまえ達、神獣か？」

「神獣？　もしかして――エンシェントフォックス？」

「ロゼッタ……様、よく帝国の古代狐のことをご存じですね？」

「え？　別に、知っていてもおかしくないでしょう。帝国にいるという神獣の話なら少し教養があれば王国貴族でも知っていてよ」

レガリア帝国の神話に出てくる、神の使いとされる神獣である。

ゲームでも出てきたが、それは邪神に魂を穢された神獣のなれの果てで、これを倒すとヒロインは召喚玉を手に入れて、エンシェントフォックスを戦闘で召喚できるようになる。

「ひとまず、あなた達を親もとに帰してあげないといけないわね」

ロゼッタが言うと、六匹の子狐達はピタリと唸るのをやめた。

「あら、あなた達、私の言葉がわかって？」

「コン！」

子狐達が鳴き声を揃える。整列する姿は微笑ましく可愛らしい。

「えーっ！　親もとに帰すんですか⁉　神獣は上手く馴らせば人の助けになってくれる貴重な存在ですよ⁉　六匹もいるんですし、山分けしません？」

「グルルルルルァ……！」

子狐達がヒューに向かって一斉に毛を逆立てて威嚇する。

「あなた、馬鹿じゃないの？　この子達は言葉がわかると判明したのよ。警戒させてどうするの」

「つまり、警戒させないように親もとに帰してやるふりをして……馴らすんですねっ」

「馴らさないわよ！　帰してやるわよ！　可哀想でしょう！」

「そんなー‼　神獣には弱肉強食の掟がありますしっ、今は警戒されてても強者が馴らせば本当にいい従魔になるんですよぉ‼　かつては帝国の開祖の従魔も神獣の古代狐でぇっ‼」

ヒューから泣きの説得が入った。

どうやら彼のご先祖様もエンシェントフォックスを従魔にしていたらしい。

この男にも憧れなんかがあるのかもしれない。

「ステラ嬢を守るいいペットにもなりますよぉ⁉」

「ステラを……守る……？」

ロゼッタの心がぐらつくのを見て子狐達がキャンキャン鳴きながら彼女の説得に入る。

慌てふためく子狐達を見下ろし、ロゼッタは溜息を吐いた。

「ステラならこの子達を家に帰してほしいと言うと思うのよね」

結局、ロゼッタの判断基準はステラである。

「ステラ嬢を説得すればよいのですねっ」

「待ちなさい、ヒュー。こんな夜遅くにステラの寝室に押し入ったら殺すわよ。私、本気よ」

「ロゼッタ様ならやりそー……」

どこぞへ駆け出そうとしたヒューはロゼッタに引き留められてシュンとうなだれた。

「あなた達、悪いけどしばらくそこにいてちょうだい」

「キュウン！　キュ～ン」

「明日迎えに来るわ。水は足りてる？　お腹は空いてない？　私のガウンを中に入れてあげるから、これで暖を取りなさい」

水は必要なく、お腹も空いていないらしい。場合によってはロゼッタが敵に回る可能性が出てきて警戒している様子なので、本心かどうかはわからないが。

ロゼッタがガウンを隙間から押しこむと、子狐達はちょっと不服そうな顔をしながら各々そのガウンの中に潜りこんだ。

「私のガウンもご入り用です？」

「クゥー、ペッ」

ヒューがガウンを脱ぎかけるのを見て、子狐が唾を吐く。

それを見て、ヒューはしおれながらロゼッタの肩に自分のガウンをかける。ヒューのガウンは暖かく、ロゼッタはこっそりほっと息を吐いた。

○　●　○

「ステラはどうしたい？」

「おうちに帰してあげたい！」

「やっぱりステラはそう言うと思ったの。もうっ、なんていい子なの！　どっかの誰かとは大違いね!!」

身支度の最後の仕上げにロゼッタが髪の毛を梳かしながら気持ちを問うと当たり前のように答えたステラに、ロゼッタは嘆息した。

後ろでヒューは泣き崩れている。

「帝国の皇帝がやってきて神獣を譲ってもらいたいって言ったら、ロゼッタ様ならどうします？」

泣いていたかと思えば顔を上げたヒューが、胡乱なことを言う。

この男、自らの正体を現してでも神獣が欲しいらしい。

ロゼッタはヒューをジト目で見下ろしつつ正直に言った。

「たとえ相手が皇帝であろうともステラの気持ちを優先するわよ」

「本気で言ってるこの女～!!」

ヒューは頭を抱えて泣き出した。この女呼ばわりされたロゼッタだが、ヒューが取りつくろう余裕すら失っていると思えば怒る気も失せる。

ステラに子狐達について伝える前に打診してくれたら、今後の帝国の保護と引き換えに子狐達の気持ちを無視してもよかった。

でも、すでにステラは子狐の存在を知ってしまった。ステラの、子狐達を家に帰したいという気持ちを無視することはもうできない。

「ロゼッタ様、どうしてヒューさんは泣いてるんですか？」

「馬鹿だからよ。じゃあ、迷子の子狐達を連れてくるから待っていてね」

「どこにいるんですか？　わたしもお迎えに行きたいです！」

倉庫の地下にあった牢屋について、ステラに教えるわけにはいかない。養子縁組されて幸せになったと思っていた仲間がもしかすると売られているかもしれないだなんて教えて、無駄な心配をかけるつもりはなかった。

「近くの森だけど、大勢で行くと怯えさせてしまうわ。ここで待っていてくれないかしら？」

「そうですね……わかりました」

ステラは残念そうにしつつもうなずいてくれた。

立ち入り禁止にしていた倉庫の地下牢に向かい、起き出していた子狐達にロゼッタは言う。

「うちの娘があなた達をおうちに帰してあげたいと言ったから、今、牢屋から出してあげるわ。けれど、保護してあげたいから逃げるのはやめてくれる？　私といれば守ってあげられるけれど、私のいないところであういうのに捕まったら、今度こそ終わりよ」

「コーン」

ロゼッタがヒューを指差しながら言うのに、子狐達は深くうなずいた。壁際にかけられていた鍵で牢屋をあけると、子狐達は飛び出してきたが、逃げ出そうとはしない。

「このバスケットの中にみんなで入れるかしら？」

「コン！」

ロゼッタが用意したバスケットの中に、子狐達はお行儀よく丸く収まった。その上に布をかけて持ち上げると、ずっしりとはしているものの、意外と軽い。

「よかったら私がお持ちしましょうか？」

「これまでの流れであなたにこの子達を託すほど愚かではなくてよ」

ヒューの申し出を一蹴して、ロゼッタは地下室を出た。

どうして子狐達はここに囚われていたのか、この地下室が他に何に使われていたのか、養子縁組された子ども達は本当に引き取り先で幸せに暮らしているのか、確認しなければならないことは山積みである。

「こんなことになるとは思わなかったわ」

「本当に？」

ヒューが疑わしげに聞いてくる。どうして疑われないといけないのかと思いつつ、ロゼッタは肩を竦めた。

「あたりまえでしょう」

「ですがロゼッタ様は、天から降ってきた稲妻に誰よりも早く反応しました」

ヒューが急に持ち出してきたのは、昨日の出来事。

振り返ると、彼はその目を開いていた。その口許には笑みがたたえられているのに、赤黒い目がロゼッタを射貫くように見すえている。それだけで、背筋がぞっと粟立つ。

その迫力に喉が渇いて、ロゼッタ何度も唾を飲みこんだ。

「まるでヴァスコに天からの罰が下ると、知っていたかのようだった」

「知らないわよ……知るわけないじゃない」

ただロゼッタは、天罰が下ってもおかしくないと思っていただけだ。

「今まさに天罰を下した神を畏れることもなく、当たり前のように抗議さえした」

「……それはまあ、だって、子どもに見せるものではなかったし」

「まるで神が親しみやすい存在であるかのように」

「あなた、何が言いたいのよ」

ヒューは目を開いたまま、ロゼッタの顔を間近に覗きこむ。

「ロゼッタ様はもしや星女神の乙女なのではありませんか？」

ロゼッタは、息を止めた。表情を動かすのをやめた。

眼球も、万が一にも間違ってステラのいる方角に向けてなるものかと全神経を集中させた。

ヒューがにたりと笑う。

「少なくとも、あなたは星女神の乙女という単語をご存じなんですねえ」

ロゼッタは感情を殺した。

怒りの感情を抱き過剰に反応すれば、それがステラ由来だと間違いなく露見する。すべてはステラを基準に動いていることを、ロゼッタはヒューの前でこれまで一度も隠してこなかったのだ。

だからロゼッタは、星女神の乙女は自分だというふりをする必要がある。

この男がどんな目的で星女神の乙女を探しているにせよ、その正体がステラだと悟らせたくない。

何故(なぜ)ならこの男は、情のない冷酷無慈悲な人間だから。

そして自分のことなら、ロゼッタはそこまで動転しない。

軽く溜息(ためいき)を吐(つ)き、淡々と訊(たず)ねる。

「あなた……星女神の乙女をどうするつもり?」

「どうするも何も、会ってみたいなあ、というだけですぅ。私、こう見えて聖女様の足跡や、偉人の功績を追うのが趣味なのです。だからビエルサの大教会の聖園に入ってみたかったですし、古代狐(エンシェントフォックス)を従魔にもしたかったんですよねえ」

帝国の皇帝が異国くんだりまでやってきて捜しているのだ。それだけで済まされるはずがないのはわかりきっている。

「会ってみるだけで十分なら、そう神に誓ってみてくれる？　会ったら終わり。それ以上は何も望まない。何も要求しないし、それ以上の干渉はしないって」

「……あは」

口先だけでも誓う気はないらしい。

天罰を受けたヴァスコを目の当たりにしたのは昨日のことだ。いかな皇帝とはいえ、そこまでの蛮勇はないらしい。

笑って誤魔化すヒューに、ロゼッタは肩を竦めた。

「嘘吐きとは今後のお付き合いは難しそうね。さようなら、ヒュー。ここまで色々と助けてくれてありがたかったわ」

「ロゼッタ様！　お待ちください。私がどうして星女神の乙女の存在を知っているか、興味はありませんか？　だって世の中では神は神として知られていて、それが星にまつわる女神だなんて、誰も言ってないじゃないですか？」

それはロゼッタが前世の記憶を取り戻して以来、ずっと気になっていることではあった。

これまでのロゼッタは神を神としか呼んだことがない。教会は神の像などはないが、言われずとも男性の唯一神だと思っていた。

それが、前世の記憶を思い出してみれば、この世界には星女神が存在するというのである。

「……興味はあるけれど、信用できない人間をそばに置いてまで知りたいことではないわね」

「ステラ嬢が原因ですね？」

ロゼッタはついヒューを睨みつけた。彼はニコニコ笑いながら手を振る。

「ご安心ください！　ロゼッタ様がこの私をそばに置いてくださるのなら、ステラ嬢には指一本触れないし、一切手出しをしないと誓います！」

ロゼッタは目を丸くした。それ以上の反応をして、ヒューに何かを気取られないように細心の注意を払う。

ヒューは赤い目をギラギラと輝かせて手を合わせる。

隠しキャラのこの男は完全無欠の冷酷無慈悲な皇帝だが、オモシロを求めるあまり、時折大失敗をやらかすというキャラ設定がある。

「ですからどうか試しに私をそばに置いてはいただけませんか？　きっとお役に立ちますよ！　仕事も有能ですし、子狐達の故郷にも心当たりがありますから、巣穴に帰すお手伝いもできます！」

「……ステラにありとあらゆる手出しをしないと誓うのなら、考えてもいいわ」

ロゼッタは声が上擦らないように気をつけた。ヒューは目をギラギラ輝かせながらうなずく。

「わかりました、誓います！　私、決してステラ嬢には手を出しません！　ありとあらゆる意味で！　私に属する他のいかなる者にも手出しはさせません！　あ、助ける時は別でいいですよね？」

「もちろん。見捨てたらそれこそ許せないわ」

「でしたらそれで！」

ヒューはロゼッタの手を掴んだ。

まるで恋する乙女のような熱のこもった目でロゼッタを見つめる。

だがそれは、己のカラカラに乾いた心を潤してくれる何かを求めているだけなのだと、ロゼッタは知っている。

この砂漠のように渇いた男を潤（うるお）し続（つづ）けるなんて、ただの苦役（くえき）だ。

ステラをその苦役（くえき）につかせることは、決してない。

「神にも星女神にも誓いますっ!!」

「そこまで言うなら、そばにいてもよくってよ」

ロゼッタはにっこりと笑って言った。

「あなたってもっと賢い人間だと思っていたのに、本当に馬鹿ねえ」

「え〜っ。私ってこう見えて、有史はじまって以来の大天才、って言われたこともあるんですよ？」

「でも、面白いことに夢中になりすぎて盛大に足を踏み外すことがおありよね？」

ロゼッタがその性情を言い当てると、ヒューは陶然（とうぜん）とした表情になった。

「どうしてそこまで私のことがおわかりになるんでしょう……ロゼッタ様と私、もしかして通じ合ってる？」

「気のせいよ、ヒュー」

ただロゼッタは事実として知っていた。ヒューは孤独のあまり自分の内面に触れるそぶりを見せる人間が、たとえふりでも面白おかしいだけなのだ。

「あなたみたいな人間と通じ合える人なんていない。そうでしょう？」

ロゼッタの突き放すような言葉にさえ、ヒューはますます笑みを深めた。

言い当てられたことが何よりも嬉しいのだ。

こんなにも感情が複雑骨折した男をステラに近づけずに済んだことは僥倖だ。

ロゼッタが溜息を吐く姿さえ、ヒューは嬉しそうに眺めていた。

○　●　○

「ステラがいたの、夢じゃなかったのかよ！」

「夢じゃないよ、ヴィリ！　久しぶり！　元気だった？」

「わっ、待て待て！　今おれ、汚いから！　そんなきれいなカッコでくっつくなって！」

抱きつかれて、ベッドのヴィリが顔を赤らめてステラを押し返した。

ヴィリの言葉にステラはにんまり笑う。

「わたし、きれい？」

「なっ……ぐっ……そりゃ……！」

顔を真っ赤にして口をはくはくさせるヴィリを、ロゼッタは採点した。

「十点満点中六点。正直に想いを伝えなかったところは減点よ。ただ、悪くないわ。その年齢だと恥ずかしさで裏腹なことを言いがちなのに。ドレスのこと、だなんて誤魔化しもしなかったところも評価できてよ。ヴィリ」

「このねーちゃん誰？　ステラ」

ヴィリが論評するロゼッタを指差すと、ステラはうつむいて口元をモゴモゴさせた。

「わたしの……ママ」

「きゃーっ！　今の聞いた!?　ヒュー!!」

「ロゼッタ様、よかったですねえ」

「えっと、ステラのお父さんの、奥さん、てことか？」

「うん」

騒ぐロゼッタとそれに付き合わされるヒューに目を丸くしつつ、ヴィリはステラに確認した。ステラはうなずくと、ロゼッタのほうを見やる。

「お母さんは一人だけだから、ロゼッタ様のことをお母さんとは呼べないけど……だからその、ママ、って呼んでもいいですか……？」

「もちろんよ！　ステラ！　なんて可愛いの！　でも無理はしないでね！」

「無理なんかじゃありません！　その、わたしはロゼッタ様のことママって呼んでないのに、他の子達が呼んでるのが嫌だったから……」

「ステラは私が守る、わ……！」

もじもじするステラを抱きしめて感涙するロゼッタに、ヴィリは拍子抜けした顔でヒューを見た。

「仲良し、ってことでいいんだよな？」

「そういうことだな」

「そっか。ならよかった」

ヴィリはロゼッタに抱きしめられて顔を真っ赤にしてはしゃぐステラを見て、ほっと息を吐く。

「で、あんたは誰？　ステラのお父さんじゃねーよな？　死んだって聞いたし」

「私はロゼッタ様の恋人志望者ですぅ」

「私がその気になった時には必ず結婚すると誓うなら、お付き合いしてあげてもよくってよ～」

「はあ？　ステラのお父さんが死んだばっかなのに!?」

反射的にロゼッタを睨んだヴィリを、ステラが叩いた。

「イテッ」

「ママを睨まないで！　この人、ママとお付き合いしても結婚する気もないのにママに言い寄ってくる、悪い人なの！」

「ステラ嬢、あなたの言葉はロゼッタ様に多大な影響を与えるんですから、もう少しお手柔らかにお願いしますよぉ！」

「じゃあ、ママがあなたを好きになっちゃったら結婚するって神様に誓ってよ」

「……」

「ほらっ！　悪い人だ!!」

「ロゼッタ様だって平民なんてお断りですよね!?　結婚は慎重に考えたいですよね!?」

レガリア帝国皇帝と結婚すれば、帝国の皇后である。

星女神の乙女かもしれないロゼッタを繋ぎとめてはおきたいが、軽々しく結婚を約束なんてできないだろう。

ロゼッタのほうも、皇后になんてなりたくもない。

「結婚したいなんて冗談よ。この男が絶対する気がないのがわかっているから言っているだけ」

「んふふ。ロゼッタ様ってば、本当に私のことをご理解してくださっちゃって〜」

うっとりくねくねしているヒューを見て、ヴィリは胡乱な眼差しになる。

「……コイツ、変な奴だな」

「そうなんだよ。ママは何も悪くないの、これでわかったでしょ？」

「そーみたいだな」

うなずくヴィリを見て、ステラは満足げな面持ちになる。そんなステラを見てヴィリは面映ゆそうな顔をした。

ヴィリは心根のまっすぐな少年で、成長しても好青年であり続けることがほぼ確約されている。

背格好、年齢も、ロゼッタの目から見てもお似合いの二人だ。

「とはいえ、ただの平民とうちの可愛いステラを結婚させるわけにはいかないわね」

「ママ、なんの話をしてるの？」

きょとんとするステラとは違い、ヴィリはロゼッタが何を言ったのか理解したようで、傷ついたような顔でロゼッタを見上げた。

ロゼッタはそんなヴィリを冷酷に見下ろす。

「ステラは男爵令嬢よ。その地位は今は亡きステラの父であるピーターが、死にものぐるいの努力で築き上げたもの。ステラの母として、夫の努力を無にするような結婚相手を認めるわけにはいかないの。わかるわよね、ヴィリ？」

「……わかります」

ヴィリが力なくうなだれた。ゲームの中でも、ヴィリは自分ではステラに釣り合わないのではないかと度々及び腰になっていた。

「親もいない平民がステラと結婚したいなら、最低でもSランク冒険者にならないとだめよ」

「ロゼッタ様ったら無茶を言いますねえ！」

ヒューはケラケラ笑ったが、ヴィリは違う。

「Sランクの冒険者になれば、ステラと結婚してもいいんですか？　親もいない、金もなんにも持ってない、ただの平民が？」

その青い目が、きらきらと希望に輝いた。

ゲームの中で、自分には釣り合わないのではないかと落ちこんでいた時のヴィリはすでにSランク冒険者だった。Sランク冒険者になってもなおステラには釣り合わないのではないかと迷い続けていたのだ。

だからSランク冒険者になるだけでいいと言われれば、むしろ試練が軽くなったと感じられるだろう。

「Sランク冒険者なら、私も反対はしないわ。ただ、ステラの気持ちが何よりも大事だけれどね」

「わたし、結婚しないでママとずーっと一緒にいる！」

「あら！　ですってよぉ、ヴィリ。残念だったわね？　うふふ」

ロゼッタに抱きつくステラを抱きしめ返し、ロゼッタはヴィリに意地悪く笑った。

だが、ヴィリも負けてはいない。

「男が婿入りすればいいだけですよね？　そしたら、結婚してもロゼッタ様とずっと一緒だぜ？」

「むこいり……婿入りかあ。それならいいかな？」

まだピンと来ていない様子のステラに、ヴィリはニカッと笑った。

「ああ！　だろ！」

晴れやかに笑う彼にステラは意味もわからずニコニコしている。

そんな稚い（おさない）ステラにロゼッタが微笑（ほほえ）んでいると、視線を感じた。ヒューが恍惚（こうこつ）とした顔で見ている。

これがステラを見ていたら大問題だが、ロゼッタを見ているのなら問題はない。

特に理由も気にならず放置していると、ヒューのほうから近づいてきた。

孤児院から屋敷に帰る支度をマヌエラに任せ、別れを惜しむステラとヴィリを眺（なが）めていたロゼッタのもとにやってきたヒューが言う。

「ロゼッタ様はあの少年がいずれSランク冒険者になると確信していらっしゃる。ですよね？」

「……さあ、どうかしら」

完全に図星で、ロゼッタは視線を逸（そ）らしたもののヒューはますますにんまりと笑った。

「まったく、ロゼッタ様は面白い方ですねえ！」

この世を退屈に思っている皇帝ヒューレートにとって、面白いとは最大の賛辞である。

それを知るロゼッタは思わず顔をほころばせた。

悪夢【ヒューレート視点】

「ほら……あいつが大巫女様の神託の」

「神にもっとも近い星の子、だろ？　なんだか気味が悪いよな」

「よせ！　神に告げ口されたらどうするつもりだ？」

ヒューレートの視線に気づくと、三人の少年は恐怖の感情を顔に浮かべ、逃げるように去った。

そう思われるものなのか、とヒューレートは彼らに話しかけようと上げる途中の手を下ろす。

ヒューレートは物心ついた時から神殿で生きてきた。神託によって次期皇帝として見出され、両親から引き離されて、神殿の奥深くで育てられてきたのだ。

神殿での毎日はつまらない、退屈な日々だった。

ヒューレートの世話をし教育するのは成熟した巫女や神官達だ。

彼ら彼女らは神に近い者に仕える満足感で、常に満ち足りた笑みを浮かべていた。彼ら彼女らの信義に基づく完璧な倫理観で言葉を話し、それに悖るということがなかった。

何故なら神にもっとも近いヒューレートに仕えているからだ。彼の前で神に聞かせられないような言葉を吐くことなどあり得ず、神に見られてやましいことなど何一つするわけがない。

だから、ヒューレートが年頃になり、神官見習いや巫女見習いの子ども達と関わるようになった時には新鮮だった。彼ら彼女らの口にする言葉がたとえ陰口や悪口であろうと、ヒューレートには学びがあった。普通の人間とはこういうものなのか、と学ぶにつれ——自分がどれだけ普通とはかけ離れた存在であるかを自覚する。

しかし、最初は巫女や神官とは違う子ども達の存在を面白く思っていたヒューレートだが、次第に飽きていった。彼らもまたある意味では巫女や神官と同じで、ヒューレートを通して神を見て、神を畏れることに変わりはない。

とてもとてもつまらない日々が戻ってきた。

そんな中、巫女の講義で星女神の乙女について知る。

生まれつき神に近い星に生まれついたヒューレートとは違い、生まれたあとに神に見出され寵愛される乙女についての預言があるのだという。

それは古い預言で、その預言によれば、星女神の乙女は亡国のさだめにある国を救う力を与えられた存在だというのだ。

この預言からわかるのは、昨今はただ神とだけ呼ばれる存在が、実は女神の人格を備えていると察せられる星女神という存在であること。

教会は男性優位の思想のために、神が女である可能性を否定し、古い預言を失伝していること。

だが、帝国が擁する神殿では決して神が女の可能性を否定せず、代々預言を受け継いできたこと。

教会の愚かさと、神の神秘性について講義する巫女のそんな言葉を聞き流しながら、ヒューレートは星女神の乙女に想いを馳せた。

もしかしたらヒューレートよりも神の近くにいるかもしれない存在。

そんな存在ならばヒューレートの後ろに神を見ることもないだろう。

何しろヒューレートよりも神に近いのだから、むしろヒューレートこそが星女神の乙女越しに神を見ることになるかもしれない。

そんな星女神の乙女であれば、永遠に面白いままであり続けるのではないか。

飽きることも、つまらなくなることもないのではないか。

星々は惹かれ合うという。同じ時代に生まれさえすれば、ヒューレートという星と、星女神の乙女という星は惹かれ合う運命にある。

もしもそんな存在がいるのなら会ってみたかった。

会って、話して、そして――

神獣の森

「遅いじゃない。うちの朝食に参加したいというから呼んであげたのに。ステラの教育に悪いわ」

「申し訳ありません、ロゼッタ様」

ペコペコしながら食堂に入ってきたヒューに、すでに食後のお茶を飲み終えて子狐達の毛並みをブラッシングしていたロゼッタが叱責を飛ばす。

だがロゼッタと違い、ステラはヒューの顔を見て目を丸くした。

「ヒューさん、もしかして眠れなかったの？　大丈夫？」

「はいぃ。ちょっと夢見が悪くってぇ」

「まあ、そうなの？　だったら悪いことを言ったわね。普通の朝食は食べられるかしら？　無理そうなら病人食を作らせるわ」

「いえそんな、お気遣いなく」

ロゼッタはヒューをまじまじと見つめたが、顔色の悪さなどわからない。いつもの飄々とした男の顔があるだけである。

「気づくなんてステラはすごいわね。私にはいつも通りにしか見えなかったわ」

「なんとなくなので、すごくもなんともないです……よっ！」

時折敬語が出てくるけれど、ステラなりにロゼッタと親しくなりたいと思ってくれているらしい。

言い直すステラをすぐにでも抱きしめたいロゼッタだったが、足元に子狐達がまとわりついているので叶わなかった。

「キュウキュウ！　キュウ～！」

「はいはい、ブラッシングね。わかっているわよ。順番にやってあげるって言ってるでしょう」

「子狐さん達ばっかりママに梳かしてもらって、いいなあ」

「まあっ、ステラが望むならステラが一番よ！　あなたのブラシを持っていらっしゃい！」

「クウン⁉　コンコォン⁉」

「抗議するんじゃないの。どんな時だってステラが最優先よ。なんといっても、私はステラのママだもの！　あなた達は二番目よ」

「私はどうですかね!?」

「あなたは一番最後よ」

「えーっ！　三番目はいずこに!?」

「三番目は私自身よ」

ヒューは四番目くらいだろう。丁重に扱わなくてはならない賓客だ。

ロゼッタを星女神の乙女だと勘違いしているこの男は、関係を深めたがって、この屋敷に滞在することとなった居候として、大邸宅の二階の一角に住まわせている。

名目上はシャイン男爵家の顧問だ。

実際に、帝国関係の資産の管理についてはこの男は非常に頼りになる。法を作っている側の人間なので法律の抜け穴を知り尽くしているらしく、少なからずピーターの仕事に携わってきたヴェルナーが舌を巻いていた。

この男がどうしてすでに星女神の乙女の存在を知っているのか、理由を想像するのは難しくない。

帝国には巫女という存在がいて、未来を見る。

きっと星女神の乙女の存在が予言されていているのだろう。

だが、捜している理由は不明。

目的がわからない以上、ステラの正体を知られるわけにはいかない。

ステラを救世主にさせるつもりはないのだ。やがて滅びるのがほとんど確定しているこの国から逃げたあと、この男とのコネクションは大変貴重だ。

適切な距離を保って関係を続けていきたいものである。

「これ、あなた宛の手紙よ」

「ロゼッタ様、ありがとうございますぅ」

ロゼッタはヒュー宛の手紙を渡しつつ、ステラの髪の毛を梳かし出す。

有言実行である。子狐達は諦めてステラの後ろに列を成して並んでいる。

すでにブラッシングを終えた子狐はちゃっかりした様子で毛並みを整えている。

「商人仲間からの連絡でした。神獣の巣がありそうな場所がわかりましたよぉ」

ヒューは手紙から顔を上げてにっこり笑う。実際には商人仲間ではなく家臣達の間違いだろうと思いながら、ロゼッタはうなずいた。

「よく調べてくれたわね。どこかしら？」

「帝国領の大森林ですねえ。神獣を親もとに帰したければ帝国領に行くことになりますよぉ。お手数でしたら私が神獣達をお預かりして送り届けてきますけれども」

「グルルルル……」

「ちゃんと送りますってぇ！」

耳だけヒューに向けていた子狐達の唸り声は止まらない。

すでに子狐達からの信頼を失ったヒューに任せることは不可能のようである。

「大丈夫よ。私が出向いてきちんと送るわ」

「わたしもいるよ！　お姉ちゃんがみんなを守ってあげるからね」

「クゥン！」

「コォン！」

「疎外感で泣いちゃいますよぉ！」

引いた顔をするロゼッタを見て、ヒューは泣き真似をしたがステラや子狐達にまで白い眼差しを向けられていた。

○●○

大森林とは、グラン王国とレガリア帝国の国境にある広大な深い森である。

魔物が蔓延っており、天然の要害としてグラン王国とレガリア帝国を隔ててきた。

グラン王国は大森林の領有権を半分主張しているものの、レガリア帝国はそれを無視して大森林のすべてを自国領として扱っている。だが、奥地に行くほど出現する魔物が強すぎて、どちらの国も内部調査はできておらず、時折命知らずの冒険者が度胸試しに横断しようとするが、これまで生きて成し遂げた者はいない。

ゲームで神獣のなれの果てがいた森なので、同種の子狐達の親がいるのも不思議ではない。

「ヒュー、これから向かう大森林って、危なくないのかしら？」

ロゼッタは子狐達を連れて帝国領にやってきていた。

馬車は大森林に一番近い帝国側の村に向かっている。国境には物々しい検問所があったが、荷物検査をされる他の馬車とは別待遇で、ロゼッタ達の馬車は荷物検査もなく通行を許された。

すべての手続きをヒューに任せたので、彼の差し金だろう。

これこそがヒューを完全に拒絶はせずに近しい関係を築いておきたい理由の最たるものだ。

グラン王国に魔物があふれた際は、大勢の人々が国外へ逃れようと検問所に殺到することだろう。その時にも再びこの権力の恩恵にあずかりたいものである。

「危ないか危なくないかで言えば、そりゃあ危ないですよぉ。森の浅い場所でも出現する魔物はDランク以上がほとんどですし、奥にはSランクの魔物や神獣までいるんですからね。ですが、帝国騎士団を出動させてくれることになったので、道中は帝国のどんな場所より安心安全になりましたよぉ」

「そういう意味ではなくって……」

ロゼッタは口ごもった。言うべきか悩んだが、帝国には子狐達を見送りたいというステラもついてきている。

今、ステラはロゼッタの膝を枕に、ふわふわモコモコの子狐達の毛皮に埋もれて子狐達とともに眠っている。

ステラのためにも確認しておかないわけにはいかず、怪しまれることを承知で訊ねた。

「これから神獣の巣に向かうことになるでしょう。魔物が危ないのはわかっているけれど、神獣も危なくないのかしらと思って。子狐達は友好的でも大人もそうとは限らないでしょう?」

　未来的には邪神に魂を穢された神獣がこの森で暴れ回る。そのせいで森の中の魔物があふれ出てくるとかで、被害が出ているイベントがあった。

「神獣は理性のある生き物ですので、無闇に人間を襲ってくることはありませんよ」

「そう……それならいいのだけれど」

　今はそうでも、どこかの段階で神獣が邪神に魂を穢されることになる。

　それがすでに起きているか起きていないのかが聞きたいのだが、ヒューの口から出てこないということはまだ発生していない事象なのだろう。

「ですがその理性あるはずの神獣が今、大森林から出てきて近くの村を荒らし回っているらしいんですよねぇ」

「なんですって⁉　邪神に魂を穢されて⁉」

「えっ、邪神に魂?　違います違います……我が子を捜しているそうですよ」

「我が子?　それってまさか」

「はいぃ。まさに、ロゼッタ様が保護されたこの六匹の子狐達でしょう」

「……子ども達を捜していたのね」

　ロゼッタはゲームを思い出して、肩を落とした。

　ゲームで暴走していた哀れな神獣のなれの果ては、我が子を捜して捜して、けれど見つからずに心を喪い邪神の瘴気に囚われてしまった、子狐達の親だったのか。

大森林というステージでは強い魔物が出るから、レベルを上げてからでないといけない場所だ。レベルをかなり上げて、やっと神獣のなれの果てに挑めるようになる。それだけのイベントだと思っていた。

きっとゲームの中の親狐（おやぎつね）は、我が子を見つけられなかったのだ。どれほど辛（つら）く苦しかっただろうか。

ステラがいなくなったなら、ロゼッタもどれほど苦しむことになるだろうか。

共感してしまい、ロゼッタは鼻がつんと痛くなってうつむいた。

「ロゼッタ様、泣いてるんですか？　どうしたんですか？」

「……我が子を捜す親狐（おやぎつね）の気持ちに共感してしまったのよ」

「子どもがいなくなるのって、泣くようなことですかねぇ？」

首を傾（かし）げるヒューに、ロゼッタは唖然（あぜん）とする。

「なんてことを言うのよ。親からしたら絶望よ？」

「そういうものなんですかねぇ……すみません、私、孤児なので。子を想う親というのがよくわからないんですよねえ」

そう言うヒューは演技でもなんでもなく不思議そうで、ロゼッタは言葉を呑（の）みこんだ。

ヒューは孤児院育ちではないものの、親がいないというのは事実だ。生まれる前から誕生を予言され、赤子の頃に親と引き離されて神殿で育てられてきた。親の存在は教えられず、親もまた自身の子が皇帝になる運命だとは知らされない。

美しく清らかな冷たい白石の神殿の深窓で育てられた彼は、親の愛情というものを知らない。だから軽々しく子狐(こぎつね)を分け合おうと言えたのかと呆れると同時に、ロゼッタは哀れみを覚えた。

「あなたを見ていたら、私は少なくともお母様には愛されていたんだと思い知ったわ。私が親の愛というものを知っているのって、そういうことよね」

「母親に愛されると何かあるんです？　ロゼッタ様は今の今まで、母親の愛情に気づいていなかったようですけど」

ガラス玉のような目をして言うヒューに、ロゼッタは首を傾(かし)げる。すうすうと眠るステラの頭をそっと撫(な)でて言った。

「わからないわ。でも、母親の気持ちなら少しはわかるわ。無条件で健康に、元気に、楽しく生きてほしいと願っている存在がいるということが、この子の人生を助けると信じたいわ。この子のためならなんでもしてあげたい。なんの対価もいらないから幸せになってくれるだけでいい……」

言いながら、ロゼッタの目から涙がこぼれた。

「自分がそう思うからこそ、お母様も私のためにこんなふうに思ってくれていたに違いないって、確信できるんだわ」

誰にも愛されていないと思っていたけれど、そうではなかったらしい。ステラのおかげで気づけた事実に、ロゼッタは涙した。

そしてもしかしたら、ヒューのおかげでもあるのかもしれない。

「そういうものなんですねぇ」

何一つ心に響いた様子もなく言いながら、彼は涙を流すロゼッタにハンカチだけは差し出してくる。そのハンカチを受け取り、ロゼッタは目元に押し当てた。

「あなたもきっと、親になったらわかるわ」

「私を捨てた親の気持ちが？　わかっても困りますねえ」

「……親のいない暮らしは辛かったの？」

「痛みも苦しみもありませんでしたよ。ただ退屈ではありました。それが辛くはあったかもしれませんけどねえ」

ロゼッタはステラのようにヒューの顔色を読むことはできない。

そんなロゼッタでも、今はヒューの感情が不思議とわかった。

「ヒュー、退屈だったのではなくて、あなたは寂しかったのよ」

「さみしい？」

ヒューは初めて聞いた単語を繰り返す子どものような顔をしたあと、噴き出した。

「私はそんなふうに思ったことはありませんよぉ」

「そう」

ロゼッタは軽く相槌を打って口を噤んだ。

ケラケラ笑うヒューを論破したいわけではない。

彼が寄る辺のない子どものように見えて、つい指摘しまったのだ。

だけどロゼッタはヒューの親になどなるつもりはない。

ロゼッタが全身全霊で親代わりを努めようと思っているのはステラだけだ。

だからロゼッタは視線を落とし、膝の上のステラを見つめて優しく撫でた。

ステラはどんな夢を見ているのか、穏やかな微笑みを浮かべて涙を一粒流していた。

その涙を指の腹で優しく拭うロゼッタを、ヒューはスッと目を開くと不機嫌な眼差しで見つめた。

○　●　○

「よくぞゴードの村にいらしてくださいました。なんのおもてなしもできませんが、お湯を用意しておりますので、どうかおくつろぎくださいませ」

「私はゴードの村にて神獣の調査をしております、帝国秘書官のラファエルと申します」

「帝国騎士団第一部隊副隊長のグラシアナ・サンチェスと申します。シャイン男爵夫人、どうぞグラシアナとお呼びくださいませ」

村長と村人、帝国秘書官の男性に、帝国騎士団の副隊長だという橙色の髪をポニーテールにした女性とその隊員の騎士達。豪勢な出迎えに圧倒されたロゼッタは、明け渡された村長宅に引っこむ。

「帝国秘書官って、宰相に次ぐ高官よね？」

「はい、ロゼッタ様……それにサンチェスの名は私ですら聞き覚えがございます」

「最高の帝国騎士を輩出し続けたことで剣王の名を冠する、サンチェス侯爵家のご令嬢、よね？」

大事になってきた事態に、ロゼッタとマヌエラは顔を見合わせて青ざめた。

ただ見つけた子狐達を森に放してやるだけでは終わらないらしい。

青ざめるロゼッタ達を余所に、ステラと子狐達は眠りこけている。

「まずは、ステラ達をベッドに運んであげましょう」

「そうでございますね」

村長宅を使うのは、ロゼッタとステラと子狐達、そして身の回りの世話をしてくれるマヌエラである。ヒューは野営用の天幕を用意されたらしく連れていかれた。

マヌエラとロゼッタで眠るステラと子狐達をベッドに運び終えた頃、村長宅の扉が叩かれた。

マヌエラが出ると、そこにいたのは秘書官だと名乗った男、ラファエルだ。

「ロゼッタ様、改めて自己紹介させていただきます。皇帝陛下の秘書官の一人、ラファエルと申します。お見知りおきください」

家名を名乗らないということは平民なのかもしれない。ロゼッタはそう予想しつつ、愛想笑いを浮かべた。

「王国内で発見した神獣を保護してくださったとうかがっています。帝国の人間としてお礼申し上げます」

ラファエルは恭しく頭を下げた。だが、その目は妙に冷たくて、ロゼッタは居心地が悪くなる。

値踏みをされているような嫌な感覚だ。

「どういたしまして」

「もう日が落ちますので、本日はこちらにお泊まりください。我々は明日の朝出立する予定です」

「わかりました」

昼中眠っていたステラをそろそろ起こして夕食を食べさせたあとにでも、子狐（こぎつね）達とのお別れの時間を作ってあげるべきだろう。

大森林の魔物の平均レベルは六十以上だ。

ロゼッタのようなモブはレベル五にも満たず、王国騎士団長がレベル五十。

さすがに、ロゼッタ達は大森林に入って子狐（こぎつね）達を見送ることはできない。

「ですので、今すぐ子狐（こぎつね）達を引き渡してください」

ラファエルの言葉にロゼッタは息を呑（の）んだ。

「いきなりすぎますわ。子狐（こぎつね）達はうちの娘に懐いています。お別れをする時間をいただきたいわ。出立は朝なのでしょう？　夜の間にお別れを済ませるようにいたしますわ」

ロゼッタの抗弁に、ラファエルは聞こえよがしに溜息（ためいき）を吐（つ）いた。

「神獣との関係は我が国にとっての重要事項です。そのような神獣の子を見も知らぬ王国の人間に預けているのは不愉快であると、率直に言わねば伝わらないようで残念です。が、あなたのような方なら仕方ないのかもしれませんね？」

ロゼッタはあらゆる言葉を呑（の）みこんで、無表情で訊（たず）ねた。

「……私のような人間なら、一体何が仕方ないというのかしら？」

ラファエルは思いきり馬鹿にしたような顔になる。

「皮肉も通じませんか……あなたのことは調べさせてもらいましたよ？　ロゼッタ・シャイン。

シャイン男爵家に嫁ぐ前のことも、すべてね。異母妹を虐待していたそうですね？」

ヒューと関わりを持った時点で経歴は調べられているだろうとは思っていたものの、実際に言われると、ロゼッタは笑みを浮かべることもできなくなった。こわばった顔で主張する。

「そういうことにされただけよ。実際に虐めたことなどないわ」

「嵌められたにしても間抜けですね。普通そんな罠には引っかからない。罠から抜け出すための人間関係を常から構築しておくべきなのに。あなたがあまり頭のよろしくない方なのははじめから存じていたのに、察していただこうとして大変申し訳ございませんでした」

ラファエルは恭しい動作で頭を下げつつ、ひどく嫌味たらしく言った。

「あなた程度の頭でもご理解いただけるよう、はっきりと申し上げます。迷惑なのでさっさと子狐達を引き渡していただきたい。後ほど礼はいたしますので、それで満足していただけませんか？　あわよくば子狐を懐かせたいというお気持ちはわかりますが、我々の印象を下げるだけです」

我慢して、この男の本音を聞き出した甲斐があったとロゼッタは思った。

ラファエルを通じてヒューの本音を聞いている気分だ。

星女神の乙女でもなんでもないロゼッタに対して、きっとヒューはこのように思っているのだろう。

ゲームでも、そういう男だった。取るに足らない女になどなんの興味も持たない最上級の男。

だが、星女神の乙女かもしれないから親しくなろうとする。帝国の皇帝が正体を隠して近づいてこようとする。親しげに笑いかけてくる。助けてくれる。

だからといって、調子に乗れば痛い目を見ることになるだろう。

冷や水を浴びせられたような心地だが、目を覚ますためには必要だ。皮肉なことにありがたさすら覚える。

最近、多少なりともヒューとの距離が縮まったように感じたのは、ロゼッタの勘違いなのだろう。

だが、羞恥心は覚えない。この世でもっとも有能な男だと乙女ゲームという神視点で刻印された男によって、勘違いするように誘導された結果なのだから。

その、当たり前の事実を胸に刻みこむと、ロゼッタは嘲笑を浮かべる。

「あなた、何も知らないのね」

ラファエルは怪訝そうに眉間に深いしわを刻んだ。

この様子だと、ラファエルはロゼッタが星女神の乙女かもしれないということを知らないのだ。

もしも知っていればこんな態度を取るはずがない。星女神の乙女は星女神の寵愛を一身に受ける存在である。

「わけのわからないことを言っていないで、さっさと子狐達を引き渡せ、と言っているのです」

ここは帝国で、相手は皇帝直属の高官で、ロゼッタは貴族とはいえ王国人だ。従うしかないだろうと、ロゼッタは諦めて溜息を吐いた。

「……少し待っていてもらえるかしら――ちょっと、勝手に奥に入らないでちょうだい！」

「何か小細工をしようとするとも限りません。私が直接回収します」

「子狐達は娘の寝室にいるのよ！　娘が寝ている寝室に男を入れるような母親はいないわ!!」

ロゼッタはステラの眠る寝室の前に立ち塞がった。

「何が娘だ。血も繋がっていないくせに下手な言い訳で時間を稼いで、一体何が目的です？」

「目的なんかないわ！　あなたが待っていればすぐに子狐達を連れてきたわよ！」

扉を開けて中に入ろうとすればこの男が押し入りそうで、怖くて扉を開けない。

眠っている部屋に見知らぬ男が入ってきたら、ステラはどれほど恐ろしい思いをすることか。

ロゼッタの母が亡くなり父が再婚したあと、継母の弟だという男が屋敷で迷ったと言いながらロゼッタの部屋に入りこんできたことがある。その時のロゼッタは眠るところで、メイドがその場にいなかった。あの時、どれだけぞっとしたことか。

ヘラヘラ笑いながら男が出ていった後も、眠れないまま不安な夜を過ごした。

あんな思いをステラに味わわせるわけにはいかない。

「ステラ！　子狐達も起きて――んむっ!?」

口を手で塞がれ、押さえこまれて、ロゼッタは身動きが取れなくなった。圧倒的な力で身動きを封じられると孤児院でナイフを持った男に襲われかけたことを思い出し、ぞっと青ざめる。

「眠っている神獣を起こさないでもらえませんか？　逃げられたらどうするんで――ギャッ!?」

ラファエルが悲鳴をあげてロゼッタから手を離した。何があったのかとロゼッタが振り返ると、内開きの扉がいつの間にか開いて、ステラと子狐達が起き出している。

「ママ！　大丈夫!?」

「私は大丈夫よ、ステラ」

ロゼッタは恐怖を押し隠して言い、ステラを抱きしめてラファエルに視線を戻した。

彼は震えながら腕を押さえていた。その手がぶらんと垂れ下がっている。

ロゼッタ達を庇うように背後に立ってラファエルを威嚇するのは、小さな六匹の子狐達だ。

「グルルルルゥ……！」

「今ね、子狐さん達がママを助けてくれたの！　あの人、悪い人だよね？　やっつけてもいい？」

「ま、待ってちょうだい。子狐達も、落ち着きなさい」

「クソッ……腕が……！　どうして檻に入れてないんだ……おまえがやらせたのか……!?」

ラファエルが脂汗を浮かべながらロゼッタを睨む。こんな男でも、帝国の高官だ。

ロゼッタはステラ達を背後に庇って叫んだ。

「私の口を塞いでいたのはあなたよ！　私に一体何ができたというのよ!?」

「なら、その忌々しいガキだ！　王国人め！　やはり帝国から神獣を奪うつもりだな!?」

「そんなつもりがあったら最初から帝国に連れてこないわ！」

「帝国人がその場にいたから渋々やってきただけだろう。神獣を奪う機会を虎視眈々とうかがっていたんだろう！　あの方を騙そうとしているんだな!?　私を平民と侮るなよ！　私はすべてを知る立場にある、帝国秘書官なんだ!!　帝国から逃げられると思うな、密猟者め!!」

喚き散らすラファエルに、ロゼッタはぞっとしてステラの体を抱きしめた。

おそらく男の腕は折れている。腕を骨折させられた痛みと怒りで我を忘れているらしい。この様子では、どう弁解しようとロゼッタ達に濡れ衣を着せようとするだろう。

その時、バタバタと玄関から人が入ってくる気配があった。

「これは一体なんの騒ぎです？」

マヌエラが連れてきてくれたらしい。息を切らしたマヌエラの姿が見えた。

この状況に現れたヒューに、ロゼッタはうっかり涙がこぼれそうになった。

「助けてください！　この女が私に神獣の子をけしかけたのです！　この短期間で随分と神獣の子達を懐かせたものですよ。この女は神獣の子を盗む気です!!」

ヒューに助けを求めようとしたロゼッタの機先を制して、ラファエルが助けを求める。とっさに言葉の出ないロゼッタより早く、ステラが反論した。

「ヒューさん！　子狐さん達は自分で体当たりしたんだよ！　その人がママの口を塞いでたから、ママ、苦しそうだったの！　その人は悪い人だよ！」

「子どもだから母親の口八丁に丸めこまれているんでしょう。馬鹿な子どもですよ！」

ラファエルの悪態にも、負けじと睨み返してヒューを見上げる。

「ヒューさんはママを信じるよね!?」

「帝国人が王国人の言葉など信じるはずがないでしょう！　ヒュー様、私はただ神獣の子達を預かろうとしただけなのです。それなのに腕を折られたのです。この女は最初から神獣の子達を返すつもりなどなかったのですよ！」

ヒューを様付けで呼んでいるということは、ラファエルはその正体を知っているのだ。帝国秘書官と言えば皇帝の側近だから、当然だ。そんなラファエルをヒューは冷たい眼差しで見すえた。

「あなたに様付けで呼ばれる理由などないはずですが、おかしいですねえ、ラファエル。私達、単なる幼馴染みでしょう。助けてもらいたいからって遜りすぎです」

「そ、そうでしたね。孤児院の幼馴染みですから。だから、私の言葉を信じてくださりますよね」

「ロゼッタ様からも何があったのかを聞きたいですね」

ヒューにうながされて、ロゼッタは深呼吸をして声が震えないように気をつけた。

「明日の朝出立することになったから、今すぐ子狐達を引き渡せと言われたわ。ステラにお別れの時間をあげてほしいと言ったけど断られて、ステラと子狐達が寝る部屋に押し入ろうとしたから、それを止めたの」

「ほら、この女も自白しています！　子狐達を引き渡そうとしなかったのです!!」

ラファエルが鬼の首を獲ったように叫んだ。それを、ヒューは一瞥で黙らせる。

「すぐに子狐達を連れてくると言ったのに、聞いてくれなくて……その男が私を羽交い締めにしたの。騒動に気づいて出てきた子狐がそれを見て、その男に攻撃して私を助けてくれたのよ」

「ほら、また自白しましたよ！　従魔にもしていない神獣の子が人間の命令を聞くはずもない。この女は子狐達をすでに手中に収めています!!」

皇帝が自ら選んだ側近の言葉を信じないということなどありえるのだろうか。

ロゼッタが固唾を呑んでヒューの沙汰を待っていると、彼はラファエルを見て言った。

「これが競争を煽った弊害か」

「競争？　なんのことでしょうか」

首を傾げるラファエルと違い、ロゼッタには孤児院でヒューとトマがしていた話だとすぐにわかった。帝国の孤児院では競争を煽るあまり、孤児達が人の心を失っているという話。

「ラファエル、出立は明日の朝なのにどうして今すぐ引き渡しを求めるのです？」

「そ、それはもちろん、この王国人達が神獣の子をくすねないとも限らないからです！」

「……はあ。ロゼッタ様がそのようなことをするはずがないんですよねえ」

ヒューの言葉に、ロゼッタは胸を撫で下ろした。

確かに、子狐達を山分けしようという提案を却下したのはロゼッタのほうだ。今さら帝国まで来て盗むはずがないことを、ヒューはよく知っている。

「ロゼッタ様、神に誓って神獣の子達を神獣の親もとに返すつもりだったと言えますか？　これ、疑っているわけではないので気を悪くしないでくださいね」

ヒューがごく軽い口調で聞く。その瞬間、何故かラファエルが息を呑んだ。青ざめる彼の顔を不思議に思いつつ、ロゼッタは軽くうなずく。

「ええ、誓えるわ。神に誓って子狐達を親のもとに返してあげるつもりだったわ」

「ですよねえ。では、ラファエル」

ヒューが自身の前に立つと、ラファエルはぶるぶると震え出した。その異様な姿にロゼッタだけでなく、ステラも怪訝な顔になる。

「ママ、あの人どうしたんだろう」

「わからないわ」

ラファエルの血の気はますます失せていく。顔色は青を通り越して紙のように白くなり、震えのせいで歯の根が合わないようだ。

「ラファエルも神に誓えますか？」

「そ、そんな……神への誓いは、そこまで軽々しく、するようなことじゃ……」

か細い声でラファエルが言う。だらだらと脂汗をかきながら、視線を左右に泳がせている。

そんなラファエルを見下ろすヒューの表情は、慈悲深いといっていいほど優しげだった。

「もしもあなたの言葉が真実ならば、神獣の子達の前で、この私の前で、神に誓ってくださいよぉ。ロゼッタ様は誓いましたよぉ？」

「あ……あ……」

「難しい誓いを求めているわけじゃありません。ロゼッタ様と同じ誓いでいいですとも。子狐達を一匹残らず親のもとに返してあげるつもりだったと、そう誓うだけで構いません」

「う……うう……っ」

ロゼッタには簡単な誓いに思えるのに、ラファエルはさんざん逡巡したあげく、誓いの言葉を口にすることができない。目の前で神罰の雷が落ちたあとでもないだろうに、まるで、嘘偽りを誓えば神罰を喰らうと確信しているかのようだ。

ヒューは慈悲の表情をかなぐり捨てて吐き捨てた。

「誓えないということは、子狐達を数匹くすねようとしていたのはおまえのほうか。子の数が足りないと神獣から言われたなら、一体誰のせいにするつもりだったんだ？」

そう問われても何も答えられないままラファエルががっくりとその場で膝を折った時、玄関の扉が無遠慮に開かれた。押し入ってきたのは副隊長のグラシアナだ。

「シャイン男爵夫人！　ご相談がございます！　——どうしてここにラファエル秘書官がいる？」

「ラファエル様はロゼッタ様を言いくるめて子狐を数匹くすね、ご自身のものにするつもりだったっぽいですぅ」

「なんだと!?　それは本当か!?」

グラシアナの言葉に、ラファエルはうなだれて反論しなかった。この女騎士のほうはヒューの正体を知らないらしく、彼はいつもの商人ぶりっこをしながら言う。

「しかも、その罪を私達に着させるつもりだったたっぽいんですよぉ。ひどすぎますっ！」

「それが真実なら由々しき事態だ。シャイン男爵夫人、帝国の者がご迷惑をおかけしたのならば、大変申し訳ない」

「ぶーぶー。それだけですかあ？」

「私にも立場というものがある。きちんと調べもせずにいい加減なことは言えないのだ」

調査をして、両者の言い分を聞いてから沙汰を下そうというらしい。

ステラも唇を尖らせていたが、かつて一方の意見だけしか聞いてもらえない裁きによって断罪されたロゼッタはむしろ、グラシアナの慎重さが好ましかった。

「このような時に済まないが、喫緊の問題の解決のために力を貸してもらいたい。実は、村の子が一人、森辺で神獣と遭遇して攫われたそうなのです。夜明けまでに我が子を帰さないと殺すと言われ、その友人は解放されたそうです」

「夜明けまで？　だったら時間がないわ」

「はい。申し訳ございませんが、すぐにでも神獣の子達を私達に預けていただけるでしょうか？」

グラシアナは本当に申し訳なさそうで、丁重な申し出方をした。

もしもラファエルがこんな調子だったら、ロゼッタはまんまと子狐達を預けていただろう。彼が子狐達をくすねようとしていることに気づきもせずに。

「そういう事情があるのなら仕方ないわね。ステラもいいわよね？」

「うん。子狐さん達のママも、早く子狐さん達に会いたいもんね」

寂しそうに言いながらも、ステラは抱いていた子狐達を床に降ろした。

「みんな、さようなら」

「これからは攫われないように気をつけるのよ」

ステラとロゼッタの簡単な別れの言葉を、子狐達が理解できていないはずがない。

だが、子狐達は一歩もその場から動こうとしなかった。

「どうしたの？　あなた達」

「あのお姉さんといっしょに行くんだよ？　わからないの？」

ロゼッタとステラが首を傾げていると、ヒューが子狐達にジト目を向ける。

「おまえ達、まさか、ロゼッタ様達が一緒でないと動かないとか言わないだろうな？」

「コン」

よくわかっているじゃないか、とばかりに子狐達は返事をした。ヒューが頭を抱える。

「おいおい、嘘だろう。大森林は、しかも夜は、ロゼッタ様達には危険すぎる場所だ。おまえ達は彼女達を危険に晒したいのか?」

「クゥン」

ロゼッタ達を危険に晒したいわけではないとばかりに子狐達が鳴く。

だが、子狐達に向かってグラシアナが一歩近づいた瞬間、子狐達は毛を逆立てて唸った。

ただの子狐が威嚇をしているのとは違う。成人男性を体当たりで骨折させてしまえるほどの力を持った獣が六四、敵意を剥き出しにしているのだ。

グラシアナはごくりと息を呑んだ。

「どうやら私はひどく警戒されているようだな。先程はこれほど警戒されていなかったのだが……」

「グラシアナ副隊長、まだ子どもとはいえ神獣、人間一人ぐらい殺せます。お気をつけて」

ヒューの忠告に、彼女はうなずく。

「ああ、知っている。……どうやらラファエルが許されざる罪を犯そうとしたために、我々帝国人が神獣の子達の信頼を失ってしまったようだ」

グラシアナは部下に運び出されるラファエルを見送ると、ロゼッタに丁重に頭を下げた。

「シャイン男爵夫人、この度の件は我々の側に非があるのに間違いないようです。大変申し訳ないことをいたしました。帝国の人間として、帝国騎士団の副隊長としてお詫び申し上げます」

「謝罪は調査をしてからで構いませんわ。両者の言い分を聞くつもりだったのでしょう?」

「神獣は神に寵愛されし獣です。嘘を吐きません。吐く理由もありません。その神獣の子達のこの態度だけで、有罪の証拠としては十分です」

子狐達の意志を、たかだか獣と断じないのであれば、それもそうかとロゼッタは納得した。身柄をやりとりされる子狐達自身が、帝国の人間を信じられないと判断したということだ。

「あの男は孤児院出身なのです」

グラシアナは溜息を吐いた。

「帝国の孤児院では競争をひどく煽るやり方が浸透しておりまして、そのために手段を選ばず成り上がる、あのような男が台頭するようになってしまいました。有能ではあるがためにこれまでに似たような事件を何度か起こしてはもみ消されてきましたが、今度こそ必ず、私の手であの男を処断すると、私の副隊長の地位に誓ってお約束いたします」

グラシアナはそう言って、子狐達に向かってお辞儀した。子狐達はぷいっと横を向く。

「そう簡単にお許しいただけないのは仕方のないことです。ですが、あなた方がお母上のもとに戻らなければ、あなた方と同じように幼い人間の子どもの命が危ういのです。どうか最後に一度、私達を信じていただく機会をいただけないでしょうか？」

子狐達はグラシアナの言葉に応えない。

彼女は顔を上げると、再びロゼッタに向き直った。

「ご迷惑をおかけした身で恐縮ではございますが、シャイン男爵夫人、神獣の子達を安心させるためにも、我々帝国騎士団に同行していただくことはできないでしょうか？」

「でも、私は戦えませんわ」

「我々が、私が、身命を懸けてお守りいたします」

グラシアナの言葉に困り果てたロゼッタは、子狐達に向き直った。

「ねえあなた達。私、本当に足手まといになってしまうわ」

ロゼッタが言うと、子狐達はキュウキュウと鳴きながら手にすり寄ってくる。

その小さく温かな体は少し震えていて、ロゼッタはやっと気がついて息を呑んだ。

「……そうよね。ごめんなさい。あなた達も恐いわよね」

子狐達がロゼッタの手に、ドレスに、しがみつく。あのグラシアナに自分達だけでついていくのは恐いと、ラファエルの仲間に自分達を明け渡さないでくれと、縋りついてくるのを振り払うことは、ロゼッタにはできなかった。

「いいわ、わかったわよ。一緒に行ってあげるから安心なさい」

「よかったね、みんな。ママがいれば安心だね」

嬉しそうに鳴く子狐達を見て、ステラがにっこりと笑った。

「ママがいれば、神様からだってみんなのことを守ってくれるからね」

「神？」

グラシアナが怪訝な顔をするので、ロゼッタは弁解した。

「先日、神罰としか思えないような出来事があったんですの。悪行を働いていたこの子の孤児院の院長に雷が落ちまして、その時に娘を雷から庇ったのでそう思うのでしょう」

「神罰と思しい雷から娘を守ったということなのですね」

「ロゼッタ様は身を挺して我が子を雷から守っただけでなく、子どもの前で雷を落とすなと神に向かってお説教をしていましたよねぇ」

「……シャイン男爵夫人は神を恐れないのですか？」

ヒューが余計なことを言うので、一旦は平穏に納得しかけてくれたグラシアナが驚愕する。

ロゼッタは慌てて言った。

「だって、あんな惨たらしい死体を子どもに見せるなんてひどくないかしら？　雷だって危ないし。神だって別に怒らないと思うわ。今頃きっと反省しているわよ」

「神が反省……」

「アハハハハハ！　ロゼッタ様って本当に最高です！」

絶句するグラシアナ。ヒューが涙を流して笑っている。ロゼッタがキッと睨みつけるも、ヒューはいつまでもヒイヒイ笑い続けた。グラシアナが気を取り直して言う。

「シャイン男爵夫人、ご同行願えますでしょうか？」

「……置いていくステラに人をつけていただけませんか？　ラファエル秘書官が逆恨みをしてステラを襲うのではないかと不安ですので」

「もちろん、騎士をつけさせていただきます。元よりラファエル秘書官の見張りや、村の統率のために騎士を数名置いていく予定でしたので、悪いと思うことはありません」

これから危険な森に入ろうという時に戦闘力を割かせるのは非常識かと思いつつ願うロゼッタの

心を読んだかのようにグラシアナが言う。

「ママ、気をつけてね」

ステラは森の危険性を知らないが、それでもロゼッタを心配するようにそう言った。

「いってくるわ、ステラ。この子達を親のところまで送ったらすぐに戻るわ」

うなずくと、ステラはロゼッタの腰にぎゅっと抱きついた。

「起きて待ってるから、戻ったら、一緒に寝ようね」

これまでは別々のベッドで眠っていた。

ステラが甘えるように申し出たのが嬉しくて、ロゼッタは笑みくずれる。

「ええ！　そうしましょう」

「これからは、ママと一緒に寝たい」

「素敵ね。寝る前にあなたのお話を聞かせてね。家に帰ったら絵本を買って、一緒に読むのもいいわ。おでかけの予定を立てるのもきっと楽しいわよ。少しだけ夜更かしして、窓の外に輝く星を二人で見るのもいいわね」

「全部、すっごく楽しみ！」

「他にもたくさんのことを一緒にしましょう」

そのためにも無事に帰ってこなくてはならない。

「いってきます、ステラ」

「いってらっしゃい、ママ！」

ロゼッタは子狐(こぎつね)達を抱えると、笑顔でステラに出立を告げた。

○
●
○

「コ――――ン」

それは、あっという間の出来事だった。

大森林に入ると、子狐(こぎつね)達は次々と歌うように遠吠えした。

すぐにがさっと茂みの音が聞こえたかと思うと、騎士の誰かが声をあげる。

「神獣だ!!」

それは最初影になって、巨大な山のように見えた。そびえ立つ木々も十分に見上げるほどに高いのに、それ以上に巨大な獣だ。空に登っていく月と同じ色をした、黄金の毛並みを持つ狐(きつね)だった。

その二つの瞳が闇の中で、まるで月のように煌々(こうこう)と輝いている。

白目は血走っていて、牙を剥(む)いた口許からはダラダラとよだれがあふれていた。

騎士団が前衛に出てロゼッタ達を中衛に囲い守ってくれているのに、彼らの頭越しにも十分に神獣の異相が見える。どう見ても正気には見えず、ロゼッタはごくりと生唾を飲んだ。

グラシアナが神獣の前に出て、その巨体を見上げて言う。

「神獣よ！　我々はレガリア帝国騎士団だ！　どうか話を聞いて――」

神獣はその話を最後まで聞こうとしなかった。前足でグラシアナを薙(な)ぎ払(はら)い、彼女はいとも簡単

に吹き飛ばされる。木に叩きつけられたその体は鎧兜で守られているというのに、そのままぐったりと動かなくなってしまった。

「グルァアアアアアアアアアアアアアア!!」

神獣が吠えた。大森林全体をビリビリと響かせるような、それは恐ろしい咆哮だ。

グラシアナを助けようと前に飛び出しかけた騎士が、硬直する。

神獣の出方をうかがっているわけではない。彼らの体はガタガタと震えはじめていた。

「コン？　コン！　クゥン、クゥウン！」

ロゼッタの腕の中で、子狐達が慌てふためき鳴いている。

その様子を見れば、子狐達にとっても母親の姿は尋常ではないのだと伝わってきた。

ゲームの神獣は、邪神に魂を穢されてもなお対話が可能だった。だから子ども達を返しさえすればそれで終わりだと思っていたのに、神獣は子ども達に気づけないほど正気を失っている。

ロゼッタの傍らにいたヒューが呟くように言った。

「怒りで我を忘れているようだな……」

「ひ、ひぃ……！」

後方の騎士達が神獣の異様な姿に怯えたように後ずさりする。青ざめて、震え、今にも逃げ出しそうだ。

一人でも恐怖に負ければなし崩しにそのまま隊列が崩れるだろう。

そうなれば、無残な逃走劇がはじまるだろう。逃げる人間達の姿は神獣の獣の本能を刺激して、残酷さを駆り立てるかもしれない。

「コォン！」

「危ないわよ、あなた達！」

ロゼッタの腕から子狐達が飛び出し、騎士団が固める前衛に出ていった。ロゼッタは慌ててそのあとを追う。

「ごめんなさい、通してちょうだい！」

騎士達はロゼッタを止めない。誰もが茫然と立ち尽くし、神獣を見上げることしかできないようだ。

ロゼッタが石につまずいても、誰も見もしていなかったが――

「逃げますよ、ロゼッタ様。あの神獣、すでに正気を失っています」

転びかけたのを支えてくれたヒューに感謝をする間もなく、ロゼッタはその手を払いのける。

「子狐を置いていけないわ！」

ヒューの顔も見ずに言うと子狐達を追いかけ、やっと追いついた時には目の前に神獣が存在していた。

ゲームに出てきた神獣のなれの果ては、もっとドロドロに溶けたような姿をしていた。

けれど、今目の前にいる獣は美しい。

黒々とした森の、ぽっかりと拓けた場所だった。空を見上げれば星と月がよく見えて、その神々しいほど美しい毛並みが月色をしているのがわかる。

美しくも狂乱の兆しを見せるその神獣は、目の前に子狐がやってきてもなお、気づけない。

神獣が前足を踏み出そうとする——そこに子狐がいるのを見つけて、ロゼッタは叫んだ。

「足元に我が子がいるのが見えないの⁉」

それは、同じ母親としての憤慨だった。

ロゼッタの叱責に、焦点の合わない目をしながらも、神獣がピタリと踏み出しかけた足を止めた。

正気を失っていても、この神獣は母親なのだ。

ゲームでもそうだったと、ロゼッタは怯みかける心を叱咤する。

「動かないで！　そのまま足を降ろしたらあなた、自分の子を踏んでしまうわ！　足を後ろに戻しなさい。後ろよ、う・し・ろ！」

ぎょろぎょろとした金色の瞳が自身に指を突きつけるロゼッタに焦点を結ぶ。ごくりと息を呑んだロゼッタだったが、やがて神獣はその指示に従うように後退した。それを見て、ロゼッタはふぅ、と息を吐く。

「あのねえ、あなた、我が子が必死に呼ぶ声が聞こえないわけ？　さっさと正気に戻りなさい！」

自分の足の下に子狐がいるのを見つけた神獣は、その金色の瞳に理性の光を宿していった。

『ぼうや——私の、ぼうや達じゃないか』

「クウウウン！」

「あなたの子、六匹であっているかしら？」

『六匹——そうだとも、私の子達は全部で六匹だよ』

「だったらよかったわ。全員連れてきたわよ。確認なさい」

『ああ、ああ……おまえ達、私の子達よ。よく、私のところに戻ってきてくれた……！』

「キュン！」

神獣は大きな目からボロボロと涙をこぼすと、駆け寄ってきた子狐達を一匹ずつ舐めていった。

『おまえが我が子達を保護してくれたロゼッタだね？』

頭の中に響くような不思議な声だった。他の騎士達にも聞こえているらしい。

神獣が子狐と再会したのを見届けると、騎士達は動けるようになり、グラシアナを救助する。

ポーションを使っていたので、すぐによくなるだろう。

『よくぞ我が子達を助けてくれたね、礼を言うよ、ロゼッタ』

「心優しい私の娘が助けてあげたいというから、助けてあげただけよ」

『カッカッカ！　おまえは助けるつもりはなかったのに、娘が助けたいと言ったから助けたと？』

「ええ、だから感謝するならうちの子にして」

ゲームでは神獣を倒すと、穢れに囚われていた魂を解放したお礼に召喚玉をもらえる。

もし子ども達を助けた感謝の印に何かもらえるのであれば、ステラにあげたい。

そんなロゼッタの思惑も知らずに、ヒューがひょこっと首を出した。

「ロゼッタ様の照れ隠しを真に受けないでくださいねえ。ロゼッタ様はあなたが子狐達を探す気持ちがわかるからと、共感して泣いていたんですからねえ」

「余計なことを言わないでちょうだい」

ヒューが出てくると、子狐（こぎつね）達がキュウキュウと神獣に鳴き声で訴える。何かを言いつける口調だ。

ヒューは何かを察したようにロゼッタの後ろに隠れた。

『……星女神に免じて、今日のところは水に流してやるけどね』

神獣の言葉にヒューが笑みを深める。

どうして神獣が星女神に免じたのかわからず、ロゼッタは混乱した。

神獣の眼差し（まなざし）は何故（なぜ）か、ロゼッタに向かっている。

もしかしたら彼女が星女神の乙女に近しい存在だというのが神獣にはわかるのかもしれない。

余計なことを言われては困ると、ロゼッタは話を進めた。

「それで、神獣さん、村の子を返してもらえるかしら？」

『そうだったね。今すぐ連れてくるからそこでお待ち』

ロゼッタにうながされると、神獣はすぐ村の子どもを口にくわえて連れてくる。なすがまま動かない子どもはよだれに塗（まみ）れてはいたものの、眠っているだけで怪我はなく、命の別状もなさそうで、騎士達に保護された。

『眠らせておいたから、逃がした子ほどの恐い思いもしていないはずさ』

「そこまで配慮できるのに攫（さら）ったのね」

『我が子を取り返すためならなんでもするとも』

気持ちは理解できたので、それ以上ロゼッタが言えることは何もない。

その時、ポーションで回復したグラシアナが、副官に体を支えられつつ前に進み出てきて言った。

「神獣様、おうかがいしたいことがございます」

『……ああ、さっきは悪いことをしたね。苛立っていて手加減できなかったが、死ななかったようで何よりだ。何が聞きたいんだい？』

「神獣様のお子を攫った人間について、お子から聞き出していただくことはできないでしょうか？　同族として責任を持って始末いたします。たとえ何も覚えておらずとも、我々帝国騎士団が皇帝の威信にかけ、草の根を分けてでも下手人を捜し出しお子を脅かした者達息の根を止めると誓います」

グラシアナがそう言うと、騎士達が一斉に胸に拳を当てた。その威容にロゼッタは嘆息する。だが、神獣は人間達の動きが揃ったところで大した感動を覚えなかったようだった。

『その必要はないよ』

「ですが――」

グラシアナが何を言おうとしたのかは、そのままわからずじまいになる。

神獣はニイッと牙とピンク色の歯茎を剥き出しにして笑った。

『もうとっくに食い殺しちまったからねえ』

グラシアナがヒュッと息を呑む。再び凍りついた騎士団を余所に、ロゼッタは眉をひそめた。

「人を食い殺して、あなた、大丈夫なの？」

『おやおや、他の人間達は私を恐れているのに、おまえは私を心配してくれているのかい？』

「我が子を攫った奴を見つけたんでしょう？　あなたでなくても殺すわよ。そんなことよりあなたは大丈夫なの？　……人を食い殺すの、あなたの体に悪そうだわ」

ゲームの神獣は、人を殺しすぎたせいで邪神に魂を穢されたと言っていた気がする。

ロゼッタの真剣な問いに、神獣は笑うのをやめた。

『そうだねえ。確かに、少し魂が穢れちまったねえ。血に酔って我が子にも気づけないありさまだ。おまえが気づかせてくれなかったらねえ』

「……魂が穢れる？」

ヒューが呟くように言う。そのことに、ロゼッタは何故だかぎくりとした。

『だけどあいつらは悪人で、星女神の加護なんかなかったから大した穢れじゃない。安心おし』

「そう、よかったわ」

神獣がロゼッタをべろんと舐めた。ロゼッタは森から帰ったら湯浴みをすると誓う。

『子どもを食い殺していたら、話は変わっただろうけれどねえ。星女神は子殺しがお嫌いだから』

それがゲームでのこの神獣の末路だったのだろう。

「大丈夫ならいいのよ。それと、あなたが食い殺したやつらが本当にこの子達を攫った犯人で合っているの？」

『間違いないさぁ。自分達で言っていたんだ。この間売った狐はいい金になったからもっと狩りたいってね』

「それなら人違いはないわね。でも、それだけじゃ黒幕を取り逃がしている可能性が高いわよ」

『ふむ、黒幕か』

「実行犯だけ捕まえてもイタチごっこよ。そいつらに命じてやらせている奴を見つけなくてはいけないわ。二度と愛しい我が子が連れ去られないよう、あなたが食い殺した奴らが最期に何か言っていたなら教えてほしいわ」

『なるほど。人間は徒党を組む生き物だったねえ』

納得した様子で、神獣が密猟者達の最期を話し出す。

『まずは腕を一本食いちぎってやったらねえ――』

冒頭から猟奇的な話だ。次第にクラクラしてきたロゼッタの耳を、そっと覆う温かい手がある。見上げると、そこにはヒューがいた。

ヒューが聞いてくれているからと、ロゼッタは甘えて耳を塞がれたままでいることにした。

森から帰還したロゼッタ達は、村中総出で松明を掲げる村長達に出迎えられた。

「無事なんですか⁉　私の子は生きているんですか⁉」

「生きているから安心しなさい。眠っているだけです」

母親が飛び出してきて、騎士団員から眠る子どもを引き取ると抱きしめて泣き出す。その姿は子狐達の姿を認めた神獣とそう変わりない。

子どもを抱きしめる母親と村人達に向かって、グラシアナは言った。

「神獣のお怒りは解けた。よって、今後、神獣が村を騒がせることはなくなるだろう」

「帝国騎士団の皆様、神獣様のお怒りを鎮めてくださりありがとうございます……！」

「私達がしたことなどただの案内にすぎない。今回の功労者はこちらの王国貴族のシャイン男爵夫人、ロゼッタ様だ」

「グラシアナ様⁉」

「おお……あなた様が我々ゴードの村を救ってくださった救い主様でございましたか……」

ゴード村の村長と村人達は素直に感激した様子で、ロゼッタを前に涙ぐんだ。

「シャイン男爵夫人、我らの村を、そして村の子をお助けいただき感謝いたします」

「私、大したことはしていないわ」

「いいえ。シャイン男爵夫人が神獣の正気を戻さなければ、我々は恐ろしい神獣の手によって一網打尽にされていたかもしれません」

「本当に大したことはないわよ。話せばわかる相手だっただけよ」

邪神に魂(たましい)を穢(けが)されてしまったあとでさえ、神獣は正気を保っていたのだ。

グラシアナに攻撃する姿を見た時にはぞっとしたものの、結局は知っている通り、神獣は寛大で心優しい存在だ。子狐(こぎつね)達を連れていけば愚かな人間を許してくれるとわかりきっていた。

怒りで視野が狭くなり、グラシアナの後ろに子狐(こぎつね)がいるのが見えなくなっていただけだったのだ。

「そんなことありませんよぉ！」

過剰な褒め言葉だと思うロゼッタに、ヒューが言う。

「帝国騎士団の第一部隊を名乗っていながら、騎士達はみーんな神獣に圧倒されてすくみ上がって、神獣に話しかけることはおろか身動き一つ取れなくなっていたんですからねえ」

グラシアナはヒューをじろりと睨みつけたが、否定はしなかった。

ヒューは目を開き赤い眼差しをグラシアナに向ける。

「帝国の人間として私は恥ずかしかったですよ、グラシアナ副隊長」

「……ぐぅっ」

ヒューから皇帝がはみ出ているせいか、平民だと思っている相手に好き放題言われているのにグラシアナは反論の言葉も出てこないらしい。

「そういうわけで！　神獣の子を見つけて連れてきたのも、神獣の暴走を鎮めて村を救ったのも、村の子を助けだしたのも、ぜーんぶロゼッタ様のおかげなんですよぉ」

「うちの子を助けてくださりありがとうございます！　心から感謝いたします……！」

ヒューの誘導で村人達の感謝を一身に受けながら、ロゼッタは苦笑した。

「我が子がいなくなって不安だったわよね。私にも娘がいるからあなた達の気持ちはわかってよ。……神獣も同じ気持ちだったのよ。だからあまり恨まないようにね」

「もちろんでございます」

「神獣様をお恨みするだなんて畏れ多いこと、いたしません」

そういう意味で言ったわけではないのだが、神獣と村の人々の間にわだかまりが生まれた様子もないので、ロゼッタはそれでよしとした。

神獣から聞き出したことによれば、子狐達は森の周辺で遊んでいたところを捕獲され、その後、森から出てすぐのどこか人の気配のする建物に閉じこめられたらしい。

そこで檻に入れられ、更に運ばれた先がフランカ孤児院だったというのだ。

つまり、森周辺の村に子狐達誘拐の協力者がいるということ。

「宴をいたします！　酒の用意はしてございますので、皆様、広場にお越しください！」

ロゼッタはステラを探した。迎えの人間の中にはいなかったのだ。

だが、広場まで到着すると居場所がすぐにわかる。

「ママ、お疲れ様！」

「わ、わたしのともだち、助けてくれてありがとうございます……！」

「ママなら絶対に助けてくれるって言ったでしょ？　言った通りだったでしょ？」

「うん……！」

村の子達と一緒に、ステラが小さな花束をロゼッタに差し出す。

ロゼッタは花束を受け取り朗らかに笑った。

「ありがとう、あなた達。素敵な花束だわ」

「みんなで摘んできたの！」

「あ、でも、ステラ様は村の近くしか連れていってないから安心してください」

「騎士様もついてきてくれたしね」

可愛らしい花束を受け取ったロゼッタとステラは主賓席を与えられた。

焚火を囲んだ原始的な宴会だ。これまでのロゼッタなら楽しめるはずのない宴が、ステラが隣にいるだけでこれまでに参加したどんなパーティーよりも輝かしい。宴料理に美味しそうにかぶりつくステラも、奏(かな)でられる素朴な音楽に踊り出すステラも、涙が出るほど可愛らしかった。

やがて、ステラは眠たそうに目をこすりはじめた。

ロゼッタは彼女を抱き上げると宴を辞して、先に借りている村長宅に戻って寝かしつける。

「子狐(こぎつね)さん達とお別れは寂しいけど、子狐(こぎつね)さん達がママと会えてよかったね」

「そうね」

「今日は大変なこともたくさんあったけど、楽しかったね、ママ」

「ええ、ステラの言う通りね」

「いっしょに寝よーね。おでこにキスもして……ね……」

「ええ」

眠気でふにゃふにゃした笑みを浮かべながら言うステラに微笑(ほほえ)んで、そのおでこにキスをすると、ロゼッタは彼女が眠るのを見届けた。


村長宅にある小さな薬缶でお湯をつくろうと苦戦していたところに、訪ねてくる人がいた。

「夜分遅くに申し訳ございません、シャイン男爵夫人」

「グラシアナ様、どうなさいましたか？」

そこにいたのは帝国騎士団第一部隊の副隊長である、グラシアナだ。鎧兜(よろいかぶと)は脱いだズボンの平服姿で、髪もほどいて下ろしている。くつろいだ姿から察するに、非常事態ではないようだ。

「この近くに温泉の湧く場所があるのです。これから入りに行くのですが、よろしければシャイン男爵夫人もご一緒にと思いましてお誘いに参りました」

「ありがたく同行させていただくわ！」

ロゼッタは食い気味にグラシアナに同行した。

村外れにある温泉には天幕が張られていて、人目を気にせず風呂に入れるようになっている。

グラシアナが一人で入るようだったので、ロゼッタも一人で身支度をはじめた。

グラシアナはあっという間に服を脱ぐと引き締まった女騎士らしい体に湯をかけて、乳白色の温泉に入った。ロゼッタも少し遅れてドレスを脱ぐ。普段のドレスよりも動きやすいものなので、幸い一人で脱げたが、脱ぎきるのを躊躇う。すると、グラシアナが言った。

「早く脱いでお湯に入ってください。風邪を引いてしまいますよ」

「ええと、だらしない体だし、化粧を落とすことにもなりますので、醜くてお目汚しになるかもしれませんわ」

「そのようなことはございません。お美しくていらっしゃいます」

「なんだか、言わせたみたいで申し訳ないわね」

「本心です。私は鍛えておりますので、女らしくない体だとよく兄達にもからかわれます。シャイン男爵夫人は線が細くて柔らかな印象がとても嫋やかでお美しいと思います」

「ああ、もう。私が躊躇っているせいで言わせているのよね。本当にごめんなさい」

ロゼッタは顔を赤くしてさっさと服を脱いで体を流して温泉に入った。

「私、言わされただなんて思っていません。心から思ったことをお伝えしただけですよ。失礼になっていなければいいのですが」

「あなたのほうがお美しいですわ、グラシアナ様。鍛えあげられて無駄な贅肉のついていないお体が眩しくて……これも、失礼になっていなければよいと思います」

ロゼッタとグラシアナは顔を見合わせると噴き出すように笑い合った。笑い終えると、隣に並んだグラシアナが言う。

「この度は、シャイン男爵夫人様には大変お世話になりました」

そう言ってまた頭を下げる。ロゼッタは頭の低いグラシアナに微笑んだ。

「帝国騎士団の副隊長であるグラシアナ様にそのように丁重に接していただけるだけで十分ですわ。私など、王国貴族とはいえしがない男爵家の夫人でしかありませんのに」

グラシアナ・サンチェス。帝国の家名にはそれほど詳しいわけではないが、そんなロゼッタでさえ、サンチェス侯爵家の名は聞いた覚えがあった。偉大な騎士を輩出することで有名なサンチェス侯爵家出身の帝国騎士団の副隊長である女性が、ロゼッタを下にも置かない扱いをしてくれる。

子爵令嬢であった時にもこれほど丁重に扱ってもらったことはなく、ロゼッタは満足していた。

「副隊長の身分など、神獣の前ではなんの意味もございませんでした。帝国騎士を輩出してきた我が家の誇りも、鍛えあげてきた剣の腕も……あの場にシャイン男爵夫人がいなければ、我らは全滅していたに違いありません」

「大げさな気がしますけれど……」

「まったく大げさなどではありません。情けなくも神獣を恐れるあまり臆病者から逃げ出して収拾がつかなくなり、神獣に殴打され気絶していた私はそのまま食い殺されていたでしょう」

そういう未来もありえたのかもしれないと、ロゼッタもさすがに認めざるを得なかった。

ゲームのあの神獣が食い殺した者にはグラシアナ達も含まれていたのかもしれない。

「あなたは私の命の恩人です、シャイン男爵夫人。今後お困りのことがございましたら、どうかサンチェス侯爵家を頼ってください」

「ありがたいお申し出ですわ。私に何かありましたら、どうかステラをお願いいたします」

「シャイン男爵夫人はステラ嬢をこの上なく愛していらっしゃるのですね」

「ええ。血の繋がりはありませんがとてもよい子で、私の希望の星ですわ」

「星、ですか……恩あるシャイン男爵夫人にとってそこまで大事な存在ならば、必ずやステラ嬢が困難な時には馳せ参じ、この身をもってお守りすると約束いたしましょう」

「なんて嬉しい約束かしら」

華やかに微笑むロゼッタを見て、グラシアナは目を丸くしたあと微笑んだ。

「本当に娘さんが可愛いのですね」

「あら、顔に出ていましたかしら。お恥ずかしいですわ」

「恥ずかしいことなどありましょうか。継子と継母の間柄でありながら仲睦まじく、とても素晴らしいことです。シャイン男爵夫人の勇気もお優しさも私にはないもの。尊敬いたします」

言われ慣れない褒め言葉に顔を赤くしたロゼッタは、おずおずと申し出た。

「グラシアナ様、どうか私のことはロゼッタとお呼びくださいませ」

グラシアナが目を瞠るのを見て、縮こまりながら続ける。

「こちらばかりグラシアナ様のような立派な方をお名前でお呼びするのは申し訳なく、私もグラシアナ様に名前で呼んでいただきたくなってしまいまして……」

言いながら湯船に沈んでいくロゼッタを見て、グラシアナはにっこりと笑った。

「私達、年齢も近いようです。もしかしたら、いい友人になれますでしょうか、ロゼッタ様？」

「なりたいな、と、思います……」

ほとんど顔を半分沈めてぶくぶくと言うロゼッタに、グラシアナは破顔して抱きついた。

「ロゼッタ様！　なんて可愛いんですか！」

「か、可愛いとは何事かしら!?　そんなこと言われたこともありませんよ!?」

「これまであなたのそばにいたのは見る目のないぼんくらばかりだったのですね。こんなに可愛いのに。勇気があって、継子を愛する心の清い素晴らしい方なのに」

「心が清くなんてありません。ステラさえよければあとはどうでもいいんですもの」

「うふふ。憎まれ口も可愛いですね」

からかわれて頬を突かれても、ロゼッタは悪い気はしない。

婚約者兼幼馴染みだったコンラッドを失ってから、グラシアナははじめてできた友人だった。

「湯冷めしてしまいますよ、ロゼッタ様」

「ヒュー」

グラシアナと別れて村長の宅に戻ってきたあと、ロゼッタは村長の家の裏にあった切り株に座って空を見上げていた。そこにヒューが近づいてきた。彼も湯浴みをしたのかこざっぱりしている。

彼は手にしていた二つのマグカップのうちの一つをロゼッタに差し出す。

「どうぞ、ロゼッタ様。ホットミルクです」

「あら、気が利くわね」

「私の天幕、元々はラファエルと一緒に使う予定だったのに、あの男が連行されていったので備品が使い放題なんですよぉ。なんならお酒もありますよ？」

「ホットミルクでいいわ。ステラの隣で寝るのに酒臭くなりたくないもの」

「そうですか」

ヒューはウィスキーか何かを飲んでいるのかお酒の香りがしたが、不快な香りではなかった。

ホットミルクを一口飲むと冷えていた体が温まっていくのがわかって、そこではじめてヒューの言う通り湯冷めしていたことに気づく。

「温かくて美味しいわ。ありがとう、ヒュー」

「眠れなくてこんなところにいるんですか？」

「え？」

ロゼッタがきょとんとすると、ヒューはどこか不機嫌そうに言う。

「神獣の恐ろしさが目に焼き付いて離れないとかで、騎士達も眠れない奴らが多いようです。ですから、ロゼッタ様もそうなのかと思ったんですが」

帝国騎士団はレガリア帝国の誇りを象徴する存在だ。

なので、皇帝であるこの男は騎士達が神獣に怯えているのが気に食わないのかもしれない。

「神獣は別に恐くなかったわ。そりゃあ、最初は少しぎょっとしたけれど」

ロゼッタの知っていた通り、神獣は子を思う母親でしかなかった。その心情は理解するにあまりあるほどで、我が子を攫った悪党を残酷に殺した話を聞かされても、神獣自体を恐いとは思わない。深い共感があるだけだ。

「星が綺麗だから見ていたのよ。王国の星より、帝国の星のほうが綺麗に見えるわ」

「いや、あなたは恐がっているから眠れない」

ヒューはロゼッタの胸のうちを見透かすように言い当てる。その顔は若干引いていた。

「やはり、ラファエルを恐がっているのですか？」

ステラには気づかせずに済んだのに、ヒューにはバレていたらしい。

信じられないものを見る目をしている彼に、ロゼッタはこんなことなら神獣を恐がっているのだと言えばよかったと思った。顔を逸らして溜息を吐く。

「……あれくらいのことで恐がるなんて、私のことを愚かだと思っているんでしょう？　大したこともない罠に引っかかる馬鹿だって、あの男にも言われたわ。私自身もそう思うわよ。あんな男の言葉を気にする必要なんてないのに、どうして気にしてしまうのかしらって」

目を閉じるとラファエルに羽交い締めにされて口を塞がれた時のことが蘇って、眠れなかった。

おまけに孤児院でナイフを向けられたことまで思い出し、こうして星を見に外に出てきたのだ。

「神獣には怯(おび)えもしなかったくせに。どうしてあなたはそうチグハグなんでしょう」

途方にくれたように言って、ヒューは首を横に振った。

「私、あなたを愚か者だなんて、今は思っていませんよ」

ロゼッタは耳ざとく聞きつけてヒューをねめつける。

「今は、と言ったわね」

「あなたの夫の葬式では、陰口を叩かれただけでこの世の終わりのような顔をしているあなたを見て、正直、白けました」

「あなただったら気にもしないんでしょうね。私もそんなふうに強い人間になれたらいいのに」

「あなたは強い人間ですよ、ロゼッタ様。普通の人間は神獣を前にすれば、神の存在を背後に見て、息をすることさえ神の意志に反するのではないかと怯(おび)えるものです。騎士団の者達がそうだったでしょう？」

確かに、分類的には魔物のはずなのに神獣からは神々(こうごう)しさすら感じられた。

あの威圧感は、神聖なものであったらしい。

「ですがあなたは神獣を恐れるどころか、神獣を叱(しか)りつけさえした」

ロゼッタだけが一方的に知っていた。穢(けが)れに魂(たましい)を侵されていてさえ理性を残し、倒されたあとはヒロインにその力を分け与えてくれる慈悲深く強い存在だと、心のどこかでわかっている。

「あなたは神が恐ろしくないのですか？」

「神よりも人間のほうが恐いわよ」

実の父親でさえ娘を見捨て、幼馴染みの婚約者でさえ濡れ衣を着せてくる。半分血の繋がった異母妹はロゼッタのすべてを奪い、二人目の母親として慕っていた婚約者の母親はこちらの言い分を聞こうともしてくれなかった。

「神にもっとも近い星である、皇帝のほうが恐いですか？」

「はあ？　誰も皇帝の話なんかしてなくってよ」

ロゼッタの反応にヒューがきょとんと目を丸くしたあと、ひどく悩ましげな顔つきになる。

「では、あなたが恐がっているのって、あなたをこれまで苦しめた家族だとか、陰口を叩く者達のことを言ってます？　ブルーノや、ラファエルのことを言ってるんですか？　なんでそんなちっぽけな存在が恐いんですか⁉」

理解できないらしく、本気で混乱しているのが伝わってくる。

ロゼッタがただの小市民なら、彼女を見下しておしまいなのだろう。

けれど、なまじ神獣やら神罰やらに恐怖心がないので、それがヒューを混乱させているらしい。

「うるさいわね。恐いんだから仕方ないでしょう」

「……ハア、ロゼッタ様は本当に面白い方です。でもなんというか、もどかしくてたまりません」

面白い、という評価はこの男にとって賛辞のはずなのに、ヒューがぐったりと息を吐くので、褒められている気がしなかった。

彼は目を開いて赤黒い瞳でじろじろとロゼッタを見たあと、吐き捨てるように言う。

「あなたを見ていると妙に苛々させられる」

「それは悪いことをしたわね」

ロゼッタは飲みかけのホットミルクのカップをヒューに押しつけ、立ち上った。マグカップを受け取った彼は慌てたように言う。

「いや、ロゼッタ様、すみません。勢い言葉がすぎまして——」

「気にしなくっていいのよ。私は少しも気にしていないから」

ロゼッタは家族や幼馴染みからすら疎まれるような人間だ。皇帝ヒューレートから見れば苛立たしいことこの上ないだろう。

星女神の乙女かもしれないからそばにいようとしているだけ。

わかりきったことなのだから、傷つくはずもない。

「おやすみなさい、ヒュー。ホットミルクをごちそうさま」

傷つくはずがないのに妙に腹立たしくて崩れそうな笑みを建て直しつつ言うと、ロゼッタは足取りも荒く村長の家に戻る。

ヒューにムカムカしていたおかげかラファエルへの恐れはすっかり失せて、胸のうちでヒューに悪態を吐いているうちにいつしか眠りに落ちていた。

○●○

「きゅぅん、きゅぅん」

かすかな鳴き声が聞こえてきて、ロゼッタの意識が浮上した。

覚えていないけれど、楽しい夢を見ていた気がする。それなのに涙がこぼれるのを、ざらざらとしたものが拭うように撫でる感覚がした。

鼻先をくすぐるお日様のような香り、頬にふわふわの感触が触れる。

「……子狐？」

「クォン」

そうだ、とばかりに返事があり、ロゼッタは完全に覚醒した。

「あなたっ、どうしてこんなところにいるのよ!?」

「クー」

静かに、とばかりに鳴かれ、ロゼッタはハッとして口を噤む。ステラが隣に寝ているのである。

「……可愛い」

すうすう眠るステラは控えめに言って天使だった。

起こさないようにそっとその頭を撫でていると、子狐がロゼッタの背中をパシパシと叩く。子狐だがラファエルを骨折させた魔物である。結構な強さだ。

「一体何よ？」

ロゼッタが振り返った時には、子狐は出窓に乗っていた。窓を小さな手で押し開けると、その隙間から外に出ていく。

子狐が迷子になったら、せっかく鎮まった神獣がまた荒れるかもしれない。

ガウンだけ羽織ってロゼッタが外に出ると、子狐は窓の外にちょこんと座っていた。

「もしかして、私についてくるように言っているの？」

「コン！」

子狐はわかりやすくうなずく。

「あなたのお母様が、私に何か用があるのね？」

「コンコンコン！」

何度もうなずくと、子狐はピョンピョンと跳ねるように進む。ちょうど、ロゼッタが歩くのと同じくらいの速さだ。

今は明け方のようで、空はまだ暗い。空気は冷たく、夜着にガウン一つで出てきてしまったことをロゼッタは後悔したが、神獣が呼んでいるというのに戻るわけにもいかなかった。

「緊急の用件なの？」

「クゥン？」

よくわからない、とばかりに子狐が首を傾げる。

子狐が村を離れ、森に差し掛かった時にはロゼッタもたじろいだ。

昨晩、森に入ってすぐ神獣が現れ、そのあと魔物には遭遇しなかった。

だが本来、この大森林と呼ばれる森には多くの魔物が蔓延っていて、遭遇率が高いのだ。

少なくとも、ゲームの中ではそうだった。

幸い、ロゼッタが森に入ってすぐに、ガサリと音を立てて神獣が現れる。

気づいた時にはロゼッタの目の前にいたのだ。

一体その巨体をどこに隠していたのだろうと不思議に思いつつ、ロゼッタほっとした。

『よく来たね、ロゼッタ』

「おはよう、神獣さん。私をお呼びかしら？」

『用があるのはおまえのほうかもしれないけれどね』

「私の用？」

『他の者には知られぬように、私に聞きたいことがあるのだろう？』

ロゼッタは目を瞠って神獣を見上げた。

神獣が度々口にした星女神という存在について、聞いてみたいと思っていた。

だが、ヒューには知られたくなかった。

『私の言葉は、おまえには人間の言葉のように聞こえているだろうが、その実、私は人間の言葉を話しているわけではない。魔法で意思を伝えているんだ。そして、私はおまえの意思を読み取ることもできる』

「それって、心を読めるということ？」

知られたくない秘密をたくさん抱えたロゼッタがぞっとすると、神獣は『そうじゃない』と否定した。

『おまえが私に伝えたいと念じたことだけが私に伝わる。安心しなさい』

「それならいいのだけれど」

『それで、何が聞きたいんだい？』

その意思を読み取る力は、ロゼッタが聞きたがっていることの詳細までは伝えられないようだ。

「星女神のことよ」

『人間はみんなあの方について聞きたがるね。だが、おまえはそれとは様子が違う気もするよ』

ロゼッタにはこの世界の人々が神獣に聞きたがることとは別のことを聞こうとしている自覚があった。

「あなた、もしかして星女神の乙女が誰なのかわかるの？」

『私は鼻が利くから、星女神の匂いがわかる。おまえのすぐ近くに星女神から格別の恩寵を賜る存在がいるのもね』

だから星女神に免じるなどと言ったのかと、ロゼッタは唇を噛みしめる。

ロゼッタに、ステラの匂いがついていたのだろう。

手を合わせて神獣に懇願した。

「……どうか、誰にも言わないでちょうだいね」

「人間社会で星女神に寵愛された乙女だと知られたら、間違いなく命を懸けた戦いに駆り出されることになるわ。みんなに望まれていると知ってしまえば、星女神に寵愛されるような心根の美しい人間は、その期待から逃れられない」

『ふむ、戦いを厭う気持ちが私にはよくわからない』

神獣などとは言われているものの、彼らは分類的には魔物だ。

無理解に唇を噛みしめるロゼッタに、神獣は続ける。

『だが、子を想う母の気持ちは理解できる。心配、不安、恐れ、愛――よく知る感情ばかりだ』

「言わないでくれるという意味かしら？」

『そもそも、私は星女神の話を人間としようとは思わないから、安心するといい』

ロゼッタがほっとした瞬間、冷え切った体の存在を思い出した。

「くしゅんっ」

『おや、寒いのかい？　確かに昨晩見た時より毛皮が薄く見えるねえ』

そう言うと、神獣はロゼッタの体を尻尾で自分のほうに押しやった。そのまま胸元のふわふわの毛に埋もれさせる。

「キャッ」

『私の毛にでも埋もれているといい。うちの子達もみんなここが大好きで今もそこにいるんだよ』

神獣のふわふわの胸毛はホカホカに温かく、神獣が言った通り中に埋もれていた子狐(こぎつね)達がピコピコと顔だけ出して存在を主張してきた。

「あなた達、そんなところに隠れていたのね」

「コォン」

「うふふ、温かいわね」

笑い合うロゼッタ達に目を細めていた神獣は、やがて言った。

『それで、聞きたいことはそれで全部かい？』

「……星女神の話を人間とするつもりがないというあなたに聞いていいかわからないけれど、聞かせてもらうわ。星女神は寵愛する乙女に一体何を望んでいるの？」

もし星女神がステラに救国を望んでいるのなら、それを邪魔するロゼッタを目障りに思っているだろう。自分に神罰が下るならともかく、ステラまで女神の不興を買っては困る。

『それは我が子のための母親としての質問だね。ならば子を救われた母として、おまえの質問に答えてあげよう』

神獣は寛大にもそう言うと、ロゼッタに答えた。

『星女神は何も望んではいないさ』

「……国のために戦うことを望んでいないのね？」

『星女神はただ愛しているだけだ。おまえは愛する我が子に何かしてほしいことがあるかい？』

「ないわ。幸せに暮らしてくれること以外」

『星女神だって同じだよ』

「だったらどうして星女神の乙女は救国の救い主だなんて呼ばれるのよ？」

『そうなってほしいと望んでいる者が、そう言っているだけだろうねえ。私が神獣だなんて呼ばれるのと同じだ。人間は、私にそういう存在になってほしがっている。私がそれに応じるかは私の勝手だがね』

ステラは星女神の乙女だ。

それは、ステラが星女神に愛されていることを示しているにすぎないのだ。

何か義務があるわけじゃない。

ただ、ステラにしてほしいことがある周囲の者達が、あたかも義務があるかのように思いこませようとしているだけなのだ。

ロゼッタはほうっと息を吐いた。

「ありがとう……一番の懸念が払拭されたわ」

『これは忠告だが、星女神の癇癪には気をつけるんだよ』

「癇癪？」

首を傾げるロゼッタに、神獣はこの世界の秘密をあまりにもあっさりと告げる。

『近頃、星女神は鬱憤が溜まっているようだ。ダンジョンから魔物があふれそうになっている。その時には私の森においで。おまえ達なら匿ってあげるからね』

「待って！　ダンジョンから魔物があふれそうになっているのは、ダンジョンの奥深くに封印されている邪神のカケラのせいでしょう？」

それなのに、神獣はまるで星女神のせいでダンジョンから魔物があふれるかのように言う。

神獣は首を傾げて続けた。

『ダンジョンの礎となってるのは星女神のカケラだよ。愛する者は憎む者でもあるからね』

「邪神は星女神と同一人物……いえ、神物？　じゃあ、邪神を倒したら星女神はどうなるの？」

『憎む者でなくなれば、星女神は愛する者でもなくなるだろう。人間の多くは、星女神がただ見つめるだけの神になるのを望んでいるようだけれど、そうなれば恐ろしいことになるだろうねえ』

「恐ろしいこと……？」

『愛することも憎むこともない神に支配された世界は、とてつもなく過酷な世界だろうさ』

「過酷？　それって誰にとってよ」

『本来なら星女神の愛によって守られたはずのか弱い子どもや哀れな弱者、心根のよい者、死に際の善人、そういった者達にとってさ。そんな世界なら、私の子達もきっと私のもとに帰ってはこれなかったろう。攫われたのがまだ星女神のいるグラン王国で、幸いだった』

ガサリ、と背後のしげみが揺れる音がして、ロゼッタは神獣の尻尾に隠れながらそちらを見やった。そこには、ヒューが立っている。

『この男の国はもう星女神に愛されることはない。憎まれることもないけれどねえ』

「……なんのお話をされているのですか？」

ヒューの問いに答えず、神獣は鼻先をロゼッタの頬にくっつけた。ひやりと冷たい鼻先だ。

『私はもう行くよ、ロゼッタ。おまえと話せてよかった』

「私もあなたと話せてよかったわ。神獣さん。よかったら名前を教えてちょうだい」

『私にかつて名前を付けた男がいたけれど、その男はもう死んだから呼ばれたくないよ。でも、よかったらこの子に名前をつけてあげておくれ』

「この子？」

ロゼッタが首を傾げると、先程案内をしてくれた子狐がぴょこんと前に出てくる。

「コン！」

『その子はおまえと一緒に行きたいらしいのさ。どうか名前をつけて、おまえの従魔にしてあげておくれ』

「まあ……私じゃなくてステラの従魔にならない？」

「コンッ！　コンッ！」

ドスドスと足を踏みならされる。子狐（こぎつね）の力強さではない。地面が揺れている。抗議されているのが十分に伝わってきて、ロゼッタはそれ以上言うのを諦（あきら）めた。

「まあ、いいわ。ありがたくも私の従魔になってくれた暁（あかつき）に私があなたにするお願いは、ステラを守って、よ。それはいいわね？」

「コン！」

『人間は誰もが自分こそは私達の主人になりたがるのに、おまえは本当に変わってるねえ』

ケラケラ笑うと、神獣はあっという間にその場から駆け去った。

「コーン！」

別れを告げるように一声鳴くと、子狐（こぎつね）がロゼッタの胸元に飛びつく。その小さな体を抱き留めて、ロゼッタは溜息（ためいき）を吐（つ）いた。

「あなたも変わりものねえ。絶対にステラを主人にするほうがいいでしょうに」

星女神の乙女ではなくその継母（ままはは）の従魔になるなんて、と思っていると、子狐（こぎつね）が背伸びをしてロゼッタの唇に鼻先をくっつける。

次の瞬間、何かが繋がった感覚がした。

『かわりものどうし、おそろい』

「この声、あなた？」

『うん。ママはみんなとしゃべれる、けど、ぼくはロゼだけ、しゃべれる。じゅーまになったから、なまえをつけて』

ロゼッタは目を丸くしたあと、微笑んだ。

「私を選んでくれてありがとう。あなたの名前は……セイ、にしましょう。とある国での、星を意味する言葉なのよ」

『セイ！　ぼく、セイ！』

ロゼッタの前世の国の星の呼び方。ホシ、を少しひねって、音読みにしてみた。

「私の可愛いステラをどうか守ってね、セイ」

『まかせて』

満足げにコンコン鳴くセイを抱えて、ロゼッタはヒューを見やる。

「ロゼッタ様……先程、神獣とどういったお話をされていたのですか？」

もう星女神に愛されることのない国の皇帝がロゼッタに問う。

ヒューが皇帝に就任して最初にやったことは、帝国内のダンジョンの攻略と一掃。

ダンジョンからは恵みがもたらされるが、それ以上の害悪がもたらされると言って攻略のち完全に掃討し、ダンジョン依存から脱却して人の手による国家の運営を目指した。

それをもって偉大な皇帝として知られるこの男は、邪神を——星女神の二つあるうちの人格の一つを害したことで、二度と星女神に愛されることのない国をつくったのだと神獣は言った。

ロゼッタが黙っていると、やがてヒューはぽつりぽつりと語りはじめた。

「実は、帝国では星の巫女が生まれなくなってしまったのです。王国で言うところの、聖女のことです。聖者も生まれません。帝国では星の神官と呼ばれます。今いる巫女や神官達は、今の皇帝が就任する前からの者達です。……どうしてそうなったか、ロゼッタ様はご存じですか？」

「ヒュー、神獣の話をどこから聞いていたの？」

「……私の国はもう、星女神に愛されることも憎まれることもない、というところです」

ロゼッタとステラの秘密が漏れるような話は聞いていないらしい。

心のうちでほっとしつつ、ロゼッタはヒューに教えてやった。

「邪神とは、星女神の心の暗い面、憎しみの心らしいの」

「憎しみの心……」

「この国の皇帝が星女神の憎しみの心である邪神を殺害したから、星女神の愛の心も死んでしまったんじゃないかしら。だからこの国はもう星女神に愛されることはないのだと、神獣は言っていたのだと思うわ」

ダンジョンを攻略するということは、そういう意味なのだろう。

そういえば、ゲーム内ではダンジョン攻略を進めると、ヒロインが持つ星女神の力が消耗していった。ダンジョン攻略で力を使ったせいだと思っていたけれど、違ったのだ。

邪神だと思って星女神を殺したから、星女神の力が減っていくのだ。

ゲームでは星女神の力が少なくなると攻略対象の攻略が難しくなり、攻略対象とダンジョン両者の攻略バランスが肝だ。ゲームバランスを整える要素だと思っていたのに、そうではなかった。

つまり、星女神の善なる奇跡や寵愛（ちょうあい）は、ダンジョンという悪と引き換えに成り立っている。

――それがこの世界の仕組みなのだ。

「こんなことが知られたら、帝国の皇帝は帝国民に嬲（なぶ）り殺（ごろ）しにされますねえ……」

「星女神が聖女も聖者も生み出さない世界になったところで、なんだというの？　人は人の力だけでも生きていけるわ」

ヒューは、顔を上げてじっとロゼッタの顔を見つめた。

最近、ヒューの赤い目を目（ま）の当（あ）たりにすることが増えた気がする。

その目をたじろぐことなく見つめ返しながら、ロゼッタは思った。

前世はそういう世界だった。

ゲームでも、最後にはそういう世界になった。それがハッピーエンドとして語られる。

星女神の寵愛（ちょうあい）を失いながらも、一人の少女が愛と幸せを掴んだ世界こそが、あのゲームのヒロインのハッピーエンドだ。

「ロゼッタ様は本当に面白い方ですねえ」

ヒューがぽつりと言った。本当に面白いと思っているのか、疑問に思うような茫洋（ぼうよう）とした表情だ。

「帝国に星女神の乙女を連れていったところで、星女神の恩寵（おんちょう）は帝国には戻らないと思うわよ？」

「私、帝国に恩寵（おんちょう）を取り戻すために星女神の乙女を捜しているだなんて言いましたっけ？」

「言ってないわ。でも、帝国民ならそう考えるんじゃないかと思って」

「……確かに、そう考える人間もいます」

ヒューは目を開いて赤い瞳をロゼッタに向けた。

「星女神の乙女に関する古い預言があるんですよ、ロゼッタ様」

「……古い預言？」

「ええ、古い古い預言です。この国がひらかれる前からの預言だと言われています。この地上でもっとも星女神に愛された乙女が、国を救うという預言です」

だから星女神の乙女について知っていたのだと、ヒューは唐突に説明をはじめた。

「かの者が救う国は、どこの国だとも明示はされていません。ですから、星女神の乙女が救う国はグラン王国でもレガリア帝国でもどちらでもいい、そうは思いませんか？　ロゼッタ様」

「……神獣は言っていたわ。星女神は乙女に何も望んでいないって。ただ愛しているだけだって」

「だとしても、星女神の乙女に救国の力があるのは事実なのでしょう」

「だから、救えというの？　この国を？」

まだ何を夢見るかも決まっていないやわらかなステラの心に、国のために戦うことを夢にしろと、植え付けようとでもいうのだろうか。

だとしたらやはり、この男とは相容(あいい)れない。

縁を切るつもりはない。ただ、もっと適度な距離を保たなければならない。

ロゼッタがうわべだけを取りつくろった笑みを深めるのを見て、ヒューは焦(あせ)った表情になる。

「帝国の大神殿にいる大巫女は、星女神の乙女を見つけたら、帝国を救わせるつもりです。でも私は、個人的にそこまで星女神の乙女の救いに興味がありません。あなたが先程言った通り、私も人は人の力だけでも生きていけると思うからです」

「だったらどうして捜しているのよ？」

「……会ってみたかったので」

「はい？」

ヒューの声があまりに小さくて、ロゼッタは聞き間違えたのかと思った。

「星女神の乙女に、会ってみたかったんです……話して、みたかったんです。私よりも、星に近い人と……そんな人なら私の後ろに、星の輝きを見ないだろうから」

最後のほうはほとんど聞き取れないほど小さな声だった。

「ロゼッタ様のおっしゃる通り私は……つまらないのではなく、寂しかった、のかもしれません」

ロゼッタはぎょっとした。彼女が知る限り、およそこの男は自身の寂しさを認める人間ではない。

だが、ロゼッタが知るゲームの皇帝ヒューレートは、この男よりも七歳年上の、もっと大人なのだ。

ステラがまだ幼い子どもであるように、ヒューも未熟な青年だった。

それに、国を救わせる目的で星女神の乙女を捜していたにしては、ゲームの彼は難攻不落すぎる。

だから、ヒューの言葉は真実なのだろう。

国としては星女神の乙女を必要としていても、皇帝にとっては必要ではなかった。

ただ、会ってみたかっただけ。話してみたかっただけ。

ヒロインに攻略されてはじめて帝国に連れて帰るという話になったのだとしたら、ロゼッタはここまでステラの正体が露見することを恐れる必要はなかったのかもしれない。

「それを言い当てられたことがプライドに障りまして、私、苛々してしまいました。昨晩はその気持ちをロゼッタ様にぶつけてしまい、申し訳ありません。ですが私、ロゼッタ様とずっと会いたかったのです。これからも話したいです。ですからそんな目で見ないでいただけませんか？　そんな表情を浮かべないでくれませんか？　私のせいで起きた不始末のすべてに代償を払いますから――」

ヒューが会いたかったのも話したかったのも、ロゼッタではなくステラだ。

見分けもつかない星女神の乙女に憧れるほどに、この男は孤独だったのだ。

ヒューが誤解していることが痛ましく、騙したことが申し訳なくなってロゼッタは逃げたくてたまらなくなる。

だが、ヒューの視線に縫い止められてしまったかのように身動きできなかった。

「私を遠ざけないでください。あなたのそばにいさせてください――ロゼッタ様」

ロゼッタは自分の胸のうちに生まれたろくでもない感情に気がついて、顔を覆いたくなった。

だが、ヒューの前なので必死で平静を保つ。取りつくろった笑みを浮かべると、白状した。

「あなたが会いたかったのは私ではなくてよ、ヒュー」

「……ロゼッタ様？」

「あなたが話したがっているのは、違う人よ。だって私は星女神の乙女ではないんだもの」

「だが、あなたは――」

「惚れさせて心を弄ぶのはだめよ。指一本触れないと、あらゆる手出しをしないとも誓わせたわね。だけど、会話をするくらいは構わないわよ。あの子が嫌がらないのならね」

ロゼッタの言葉に、ヒューが切れ長の目を見開く。

「――ステラ嬢？」

「あなたが星女神の乙女の救いに興味がないと知れてよかったわ、レガリア帝国皇帝ヒューレート。いずれ滅びる王国から逃げたあとにはこちらの国でお世話になろうと思っていたけれど、あなたがステラを利用するのではないかと、それだけが不安だったのよ」

ヒュー、もといヒューレートはロゼッタをその真紅の瞳でまじまじと見つめた。

「あなたは何者だ？　天啓を受けた、聖女か？」

「ただの愚かな一般人よ。天啓なんか受けるわけないわ。だって私、自分とステラ以外はどうでもいいと思って、故国の滅びを見過ごそうとしている悪人だもの」

ロゼッタはすべてを知っていると明かすことで、ヒューレートとの間にこれまで築いたすべてをぶち壊し、微笑む。

「いずれグラン王国は滅びます。私はステラにその身をなげうって亡国を救わせようなどとは思わないから、いずれレガリア帝国に亡命させていただくことになると思いますわ、皇帝陛下。受け入れていただければ、亡命した男爵家の夫人とその娘である次期当主としての範囲内であれば、帝国のために献身するとお約束いたします」

ただの小娘一人の肩に国の命運をかけるようなまねは決して許さない。

ロゼッタの微笑(ほほえ)みを前に無言で立ち尽くしていたヒューレートは、やがて何かを言いさしたが、別のことに気を取られた様子で開きかけた口を閉ざした。その視線の先には白く美しい魔鳥がいる。

「所用ができた……先に戻るといい」

「失礼いたします、陛下」

「ロゼッタ、あなたにはまだ聞きたいことがある」

ヒューレートの言葉ににっこりと笑んでお辞儀をすると、ロゼッタは踵(きびす)を返した。

空が明るみはじめる。村に戻る道中、ロゼッタは熱くなる頬を押さえた。

「おまえはなんて馬鹿な女なの、ロゼッタ。あんな男を――」

言いかけて、ロゼッタは唇を噛んで言葉を呑(の)みこんだ。

ヒューレートの監視の目がロゼッタについているかもしれないのに、不用意な発言をするべきではない。

――あんな男を好きになるなんて、など。

『ロゼ、あいつになにかされたの？　やっつける？』

ロゼッタの腕の中にいたセイがきょとんと丸い目をして聞く。ロゼッタは苦笑した。

「何もされていないのよ」

ヒューレートは特別なことは何もしていないのに、ロゼッタが恋をしたのが問題だった。

何度も助けてくれたから。困った時にはどこからともなく現れて、ロゼッタを手伝ってくれるから、支えてくれたから——そばにいてくれたから。

すべてはヒューレートがロゼッタを星女神の乙女だと誤解しているからやっただけのこと。

すべてを明かしたこれからは、ヒューレートにとってロゼッタは路傍(ろぼう)の石も同然だろう。

「馬鹿ね。本当に自分が嫌になるわ……」

「クゥン？」

「強(し)いて言えば、あの男は馬鹿な私を助けてくれたのよ、セイ」

『ロゼはばかじゃないよ！　ママは、ばかなニンゲンとはしゃべらないっていってたもん。でも、ロゼとはいっぱいおしゃべりしたもん。あんなにニンゲンとしゃべるママ、はじめてみたよ！』

「うふふ。慰(なぐさ)めてくれてありがとう、セイ」

『ほんとーのことだもん』

セイを連れて村長の家に戻ると、ちょうど起き出したステラと鉢合わせした。

「ママ！　一緒に寝よって言ったのに！」

「隣で寝ていたわよ。ただ、あなたより早く起きただけ」

「ほんとにぃ？　……あれ？　子狐(こぎつね)さん⁉」

ぷんすかしながら近づいてきたステラが、ロゼッタが腕に抱く子狐(こぎつね)に気がついて目を丸くする。

「この子、私達の家族になりたいらしいの。神獣のお母様の許可も得たわ。名前はセイ。ステラ、お姉ちゃんとしてこの子と仲良くしてくれるかしら？」

「やったあ！　する！　いっぱい仲良くする！」

『おねーちゃん！』

ステラに飛びつくセイを、ステラははしゃいで受け止めた。

はしゃいでいたステラは、ふと不思議そうにロゼッタの顔を見上げる。

「あれ？　ママのお顔……」

ステラに言われて、ロゼッタははじめて自分の顔の状態を思い出した。

起き抜けに家を出たから、化粧をしていない。そばかすだらけの醜(みにく)い顔をステラと――ヒューレートに見られてしまった。

「お星様みたい！」

「……え？」

「すごい！　素敵だね！」

ステラが満面の笑顔で素敵だと言う。

ロゼッタの心は、愛しているから、ステラの言葉をそのままストンと受け入れてしまった。

「お星様がママのお顔でたくさんきらきら輝いているみたい」

『ロゼのおかおに、おほしさま！』

屈託(くったく)なく言うステラとセイに、ロゼッタはこくりとうなずく。

「そうね、これはお星様で……あなた達の星を意味する名前と、お揃(そろ)いね」

「わたし達、お星さまの三人家族だね！」

『おほしさまのかぞく！』

ロゼッタは涙ぐみつつ微笑(ほほえ)む。

油断をするとこぼれ落ちそうな涙をこらえて、この幸せだけで十分だと噛みしめながらステラとセイを抱きしめた。

利用計画【ヒューレート視点】

賑やかな公園の一角で、ヒューレートは影から報告を受けていた。

「ビエルサ領の憲兵に引き渡したアメデロとカーラですが、牢屋の中で不審死したそうです。おそらくは黒幕による口封じかと」

「やはり誘拐してでも帝国で身柄を確保するべきだったか」

フランカ孤児院は人身売買に手を染めていた。

帝国にとっては神に等しい存在である神獣の子ども達を誘拐したのも同じ組織の者だろう。

ヴァスコはアメデロとカーラを見捨てられないようだった。明らかに罪を犯した者同士の暗い友愛で結ばれていたあの者達が何を知っていたのか、情報を引き出せなかったことが悔(く)やまれる。

「ビエルサ領主はシロのようです」

「だろうな。知っていたらロゼッタに孤児院を売りはしないだろう。黒幕ならなおさらだ」

「我が帝国が神より預かりし神獣に手を出そうだなんて……許しがたいことこの上ありませんっ」

神への信仰心の篤さにより憤慨しているこの帝国の影は、ヒューレートの下した命令こそがこの帝国から神の恩寵を奪い去ったと知ったら、果たしてどう思うのか。

影が受けた徹底的な忠誠教育を越えてなお裏切るのだとしたらそれはまた面白いことだと思いつつ、ヒューレートは言った。

「アメデロとカーラが死ぬ前に面会した人間はいるか？　いるなら有力な暗殺者候補となるが」

「いえ、おりません」

影はそう言った後、付け加える。

「王国の上神官――司教が一人訪れたようですね。暗殺される前に司教に浄化の儀をしてもらえるだなんて運のいいやつです」

ヒューレートはずっこけそうになった。椅子に座っていなければ転げていただろう。

「おい。その司教が最重要容疑者だろうが」

「エッ⁉　神に仕える司教ですよ⁉」

うんざりが面白さを上回り、ヒューレートは溜息を吐く。

「孤児院のヴァスコを忘れたか？　聖職者も堕落する生き物だろうが」

「ヴァスコは司祭でしたが、牢屋を訪ねたのは司教なのに、そんなはず……！」

「今回の調査はおまえを外すべきか？」

ヒューレートがそう呟くと影が慌てて帝国への忠誠を誓いはじめる。

誓いの言葉を聞き流すヒューレートに対し、影は己の失態を誤魔化すためか話題を変えた。

「そういえばあの方は神獣の子を従えることになり、ますます星女神の乙女かもしれないという確証が高まりつつありますね……！」

神獣には結界を張る能力があるらしい。

あの朝、ヒューレートはロゼッタを追って大森林の中に入れたが、影は入れなかった。迷わされたのだ。ヒューレートも方向感覚をくるわされたが、己の魂の輝きを目印の星にして歩いていき、そこに神獣とロゼッタの姿を見つけた。

影はロゼッタの告白を聞いていないので、ヒューレートがすでに星女神の乙女を見つけていることを知らない。ヒューレートも本国に知らせていない。

どうせ、ヒューレートに属する者にも手出しさせないと誓わされている。

「あれが侮れない女であることは確かだな」

思えば、ヒューレートがステラに手出しをしないと言い出した時、ロゼッタはほとんど嘲笑っていた。おかしくてたまらないという様子で。

ご機嫌で、何がそんなに楽しいのかという風情だった。

あの時には馬鹿な女が笑っていると思っただけだが、馬鹿だったのは自分だったらしい。

あの笑顔を今思い出しても、不思議と腹は立たなかった。

「今は星女神の乙女よりも帝国の神獣に手出しをした者への報復が先だ。必ず代償を支払わせねばならない」

「上神官格の司教様を疑って調べなきゃいけないんですね……」

影がしくしく泣いている。どちらにせよ、教会を調べるには影だけでは役者不足だ。

「ロゼッタを利用するか」

愚弄されたにもかかわらず腹は立っていない。

だが、帝国の皇帝と知りつつ侮辱した女に、報復なしで済ませるわけにはいかないだろう。

と、どこか言い訳がましく思いつつ「星女神の乙女かもしれないのに、少なくとも巫女様なのに利用するだなんて……！」と嘆く影を放置して、ヒューレートは歩き出した。

天啓の意味

「まあステラ、あなたはなんて可愛いの」

「ママってば、わたしが何着てもそう言うんだから」

「え～だって～。ステラは何を着ていても可愛いんだもの～」

だが、ステラの可愛さをより引き出せるドレスかどうかという違いはある。

冬の間、ロゼッタはドレスをバンバン発注し、ステラの着せ替えを楽しんでいた。

「やっぱり有名どころの仕立屋はデザインがいいわねえ。もっと注文しておけばよかったわ」

「もう十分だよ～！　これ全部着る前に、わたし、成長しちゃうよ！」

「それもまた素敵な話ね」

こちらに嫁いできた当初、ヴェルナーがロゼッタのために手配したビエルサ一の仕立屋の予約の順番が回ってきたのだ。ロゼッタはもちろん自分の財産から、金に糸目を付けずにステラのドレスを注文しまくった。ついでに自分のドレスも注文したが、そちらはおまけである。

「全部着られたらいいけど……とりあえず、ママとお揃いのドレスから着ていこっと」

「そうねえ。お揃いのドレスは着たいわね」

パーティーでステラとお揃いのドレスを着られたらロゼッタとしては最高だったが、シャイン男爵家は現在喪中である。ピーター亡き後、妻のロゼッタは最低でも半年は自粛をするべき身の上だ。華やかなドレスを着てパーティーに出席できるようになるのは夏過ぎくらいからになるだろう。

その時、ヴェルナーがやってきた。

「ロゼッタ様、国王陛下の使者が手紙を持っていらっしゃいました」

「なんですって？　今向かうわ。ステラもいらっしゃい」

ロゼッタは暖炉の前の椅子から立ち上がり、急いで玄関ホールに向かう。

「お待たせいたしました。ロゼッタ・シャインと申します。こちらが次期当主であるステラ・シャインですわ。ご挨拶なさい」

「ステラ・シャインと申します」

ステラが教えた通りに美しいお辞儀をするのを満足げに見ていたロゼッタは、使者の存在を思いだして気を取り直した。

「では、これより国王陛下の手紙を読み上げる。心して耳を傾けるように」

「ステラ、私の真似をなさいね」

「はい、ママ」

国王の使者は国王の代理人である。運んできた手紙を読み上げる間は、国王に対するのと同じ礼儀を尽くさなければならない。

ロゼッタが頭を下げると、同じようにステラも頭を下げた。

使者は微笑ましく母子のやりとりを見てうなずくと、口を開く。

春に王都で大規模な舞踏会を開催すると予告し、王国貴族はみなそれに出席するように命じて締めくくった。


「久しぶり、ヴィリ！」

「ステラ！　……また綺麗になった、か？」

「えへへ、そうかなー！」

王都での大舞踏会のために出立の準備をする大人達を余所に、子ども達が旧交を温めていた。

照れながらもステラを褒めるヴィリの姿に、ロゼッタはそれでよしと深くうなずく。

「そういえば、ヴィリはセイとははじめましてだよね！」

「もしかして、従魔？　ステラのか？」

「ううん、ママの従魔なの！　セイっていうの。家族なんだよ！　わたしの弟なの！」

『なの！』

「じゃあ、おれの弟にもしてやる」

『る？』

可愛らしいやりとりをする子ども達を眺めるロゼッタのところに、ヴィリを連れてきた保護者が近づいてきた。

「ロゼッタ様、またお雇いいただき誠にありがとうございます」

「ただの護衛であなた達ほどの実力者を雇ってしまって申し訳ない気がするわ、トマ」

「お気になさらず。ヴィリもステラ嬢にお会いしたかったようですし……えっと、ロゼッタ様がご不快でなければよいのですが」

シェルツ領から王都に向かう道中、護衛のためにロゼッタは青の疾風を雇ったのだ。

道中が危険だというより、ほとんどステラとヴィリのためだった。

「友人として仲良くするだけなら構わなくてよ。ステラと友人以上になりたいのであればSランク冒険者になってもらわなければならないけれど」

「ヴィリがSランク冒険者になるために俺達に同行させてくれと頼みこんできたのは、ロゼッタ様が理由でしたか」

トマは苦笑した。

ゲームと同じように、青の疾風はヴィリの師匠となったらしい。

知っていたからこそ彼らをわざわざ探して護衛にし、フランカ孤児院まで連れていったのだ。

「ヴィリの才能はどうなの？」

「才能の塊ですよ、あいつは」

そう言ってトマはにやりと笑った。

「このままだと、あいつは本当にSランク冒険者になっちまいますよ。平民の孤児上がりのあいつを、本当にお嬢様のお相手として認めるんですか？」

「ヴィリがステラを大事にしてくれて、ステラもヴィリを選ぶのなら、私はそれで構わなくてよ」

攻略対象の中で一番ヴィリが攻略難易度が低いのだ。つまり、あれこれ面倒なこじらせ方をしてステラを困らせないし、試さないし、救われようとしないということ。

「もちろん、ステラが選ばなければそれまでだけれどね」

「ところであの男はどこにいるんですか？」

「あの男……ってまさか、ヒューのことを言っているの？」

「はい、あいつです」

「……さあ。帝国にでもいるんじゃないかしら」

神獣の森で何か用事ができたとかで別れて以来、ロゼッタはヒューレートと会っていない。

ロゼッタに聞きたいことがあると言っていたくせに、何も聞きにこなかった。

聞かずとも疑問が解消されたのかもしれない。もはやヒューレートはロゼッタになんの興味もないのかもしれなかった。

「そうなんですか。実は帝国の孤児に関する教育制度が変わったんですよ。ほら、前に変に競争を煽ってるからガツガツした奴ばっかりだって話をしたじゃないですか」

「そ、そうね」

「どうもその制度のせいで帝国孤児院出身の高官がやらかしたとかで処刑されて、制度自体が見直されたらしいですよ。改悪だとか言う奴もいるらしいけど、俺はいいことだと思うんですよね～」

「そ、そうなの……」

ラファエルは処刑されたらしい。しかも帝国の孤児に関する制度が変わったなんて、ロゼッタはまったく知らなかった。明らかに自分が関わっている気がして動悸がする。

「当事者のあいつから話を聞いてみたかったんですけど、いないとは思わなかったな」

「元々、ヒューは帝国の商人だもの。いつまでもシャイン男爵家にいるはずがないわよ」

自分で言って傷つき、ロゼッタは自分の愚かさに苦笑した。どうしてあんな男がいつまでも自分のそばにいてくれるかもしれないだなんて思い上がった幻想を抱けたものか。

「ふむ。ロゼッタ様ご自身は、どういう条件なら平民の男と付き合う気になりますか？　やっぱりSランク冒険者からですかね？」

「……トマ、あなた、私に気があるの？」

「いやっ、違います！　俺じゃないです!!　俺の友人の平民が貴族の女性に気があるみたいで！」

「ほとんど望みはないから諦めなさい。普通の貴族の女は平民の男を同じ人間とすら思ってないわ」

「くぅっ……友よ……強く生きろ！」

「でも、私個人はそうね、ステラをあらゆる困難から守れるくらい強ければいいかしら？　ヴィリが武力の面でステラを守ってくれたら、私が金銭面でステラを支えるから、あと欲しいのは権力かしらね」

「ロゼッタ様はあくまでステラ嬢が主軸なんですねえ」

「当然じゃない」

自身の恋心一つのために身をなげうつようなことは決してしない。

ロゼッタは、ステラの母親なのだから。

「権力か……友よ……権力はあるか……！」

トマがどこぞにいる友人に向かって念を飛ばしている。前途多難な恋をしているらしきトマの友人の顔も知らないのに、ロゼッタはつい同情してしまった。

○●○

「このまままっすぐ王都に向かうんでいいですか？」

「寄りたいところが二つあるわ」

すでに行き先は御者に教えてある。

「危険な場所でしょうか？」

「一つはただの村よ。もう一つは廃(すた)れた教会ね。人里離れている気はするけれど、危険かどうかはわからないわ」

「ま、何が起こってもいいように備えておきますか」

馬車に並走するトマが気を引き締め直すのを、ロゼッタは心強く見下ろした。

ゲームで、教会の大司教がステラに繋がる三つの手がかりを天啓で得る。

そのうちの一つである孤児院の倉庫の床の絵は壊した。

残る二つは小さな村にある無人の家の中にある羽をもがれた天使の絵と、廃墟となった教会の壁に描かれた首を吊る聖女の絵だ。どちらも、ステラに繋がる手がかりとなっている。

まず、昼すぎに村に辿り着いた。

森辺の村という名前の、森の近くにあるだけの名もなき村である。

大森林の王国側にある、シェルツ領の外れの、そう遠くない場所にある村だ。

出迎えに出てきたのは杖をついた老婆だった。

「先触れはいただいていましたが、本当にこのような辺鄙な村にお貴族様がいらっしゃるとは……」

「あなたが村長？　私達のことは気にしなくて結構よ。少し見て回ったらすぐに立ち去るわ」

「はあ……」

困惑する村長をあとにして、ロゼッタは村をあちこち見て回る。記憶にあるあばら家を探し歩いた。

すると、子どもを抱えた母親がおどおどしながら声をかけてくる。

「あのう、お貴族様、あまり歩き回られますと、村の者達が怯えますので……」

「そう、悪いわね。すぐに用を終わらせるわ」

「どのようなご用がおありなのでしょうか？」

「家を一軒探しているのよ。無人のはずなのだけれど――」

「な、なんでそんな家を探しているんですか⁉」

村の女達が集まってきて、妙に警戒を募らせる。

ロゼッタは黙っておくつもりだった理由を首を傾げつつ口にした。

「うちの娘の産みの親が暮らしていた家を探しているのだけれど……何かいけないかしら？」

「えっ……まさか、アマラさんの娘？」

「あっ、本当だわ。顔がそっくり」

馬車に乗っている間にすっかり眠りこけたステラを、ケリーが抱いてくれている。

ロゼッタも抱っこはできるが、細腕なので抱き続けられないのだ。

女達はケリーの腕の中でムニャムニャ言っているステラの顔を見て、警戒を解いた顔をした。

「確かに、アマラさんの娘です……あなた様の娘なのですか？」

「ええ、私の夫とアマラという女性との子よ。継子とはいえ可愛がっているから安心なさいね」

「そう、ですね。大事にされている顔をしてますね……」

最近ふくふくになってきたステラのほっぺを見て、我が子を抱えた女達はほっとした顔になる。

彼女達の警戒が解けたのを見計らって、ロゼッタは言った。

「それで、アマラの家はどこにあるの？」

「ご案内しないのも変、よね……」

どことなくまだ躊躇(ためら)いの表情を浮かべつつも、女達はロゼッタを案内してくれた。

その家は村八分にされていたのではないかというほど、中心部から離れた場所に隔離されていた。

そして、ロゼッタの記憶にある通り、家の中の壁に翼をもがれた天使の絵が描かれている。

「その、私達の親の世代に色々あったようで……」

「そう……別にいいのよ。私の知ったことではないから。でも、ステラにはこの家を見せたくないわね……」

道理で村人達が案内を渋るわけである。何か後ろ暗いことがあったらしい。

ステラの母親がステラを身ごもりながらもこの村に頼らず別の村に身を寄せたのは、このあたりに理由があるのだろう。

ケリーはロゼッタの意を受けて、その場を離れ、ヴィリもそれについていく。

家の中にめぼしいものがないのを確認してから、ロゼッタは家から出るとエンリケに命じた。

「エンリケ、この家を燃やしてちょうだい」

「お、お待ちください！」

「この家は、村の財産です！」

「ここがステラの母親の家ならステラのものでしょう？　もし村の財産なのだとしても、あとでいくらでも賠償してあげるわ」

「お、お、おやめください！　アッ」

体で遮ろうとした女を、トマとヤンツが押さえつける。拘束されてもなお女達は抵抗を続けた。

妙な光景にエンリケがたじろぐ。

「いいのかのう、ロゼッタ様？」

「ええ、やってしまって」

ロゼッタの目的はステラを教会の大司教の天啓から隠すこと。

ステラは母親の家を燃やしてほしくないかもしれないが、その気持ちさえ、彼女の命には代えられない。

「アアッ……！」

家が燃えはじめるとトマとヤンツに拘束された女達が悲鳴じみた声をあげる。ロゼッタは怪訝に思いつつも家に火が回るのを無表情に見ていた。

だがやがて、耐えられないとばかりに子どもを抱えた女が叫んだ。

「今すぐ火を消してください！　地下にいる子ども達が死んでしまいます!!」

「は？　地下？」

ロゼッタは一瞬唖然としたあと、あることに気がついて息を呑む。

「エンリケ！　水の魔法で火を消して!!」

「わかった！」

「トマ、ヤンツ！　家の中に絵があったでしょう？　あの裏だわ！　あの裏に地下に繋がる階段があるんだわ！」

エンリケが火を消し止めると同時に、青ざめたトマとヤンツが黒焦げになった家の中に押し入った。トマが絵を蹴り飛ばすと、その奥にはロゼッタが思った通り、地下に続く階段がある。

絵という仕切りがなくなり、奥にいる人間が煙で咳きこむ声がかすかに響いてきた。

ロゼッタはしくしく泣いている女達を睨みつける。

「これは一体なんなの？」

「申し訳、ありません。申し訳ありません、申し訳……！」

「これはなんなのかと聞いているのよ！　謝れだなんて言ってないわ！」

「うっ、ううっ、うう……っ」

泣くばかりで答えない女達では埒があかない。だが、ロゼッタにはある程度の予想がついていた。

「あなた達、いいえ、この村全体が、人身売買組織の仲間なのね……！」

「その場を動くんじゃないよ！」

「ママ……！」

ロゼッタが振り向くと、そこには老婆に仕込み杖のナイフを突きつけられたケリーと、その腕の中で目を覚ましてしまったステラがいた。その背後では、村中の人間が総出でロゼッタ達に敵意を表している。

「知られたからにはただじゃおけないねえ」

「……男の姿がないのは、大森林からあふれ出る魔物の討伐で死んでしまったから？　それとも、子どもを誘拐しに行っているから？」

「この村の男達は、みんな勇敢な戦士だった。だが死んでしまった。あの男達の眠るこの村で墓を守りながら生きていくのに、私達には別の収入が必要だ……！　不可抗力なんだ……！」

「私の所有する孤児院の子ども達が、養子縁組されたはずなのに行方不明になっているのよ。大勢の子ども達を怪しまれずに養子縁組するには、あなた達だけの力ではできないはずだわ。一体誰があなた達に手を貸しているの？　それとも……あなた達が手を貸しているの？」

「黙りな！　お貴族様！　神はアタシ達恵まれない者の味方なんだ！」

「ううっ」

老婆にナイフをつきつけられたステラを見て、ロゼッタはこれ以上の問答は無理だと悟った。

「村長！　その子、アマラさんの子よ！」

「アマラ……なるほど、合点がいったよ。あの裏切り者がこの村の秘密をバラしたのかい！　母親も母親なら、子も子だねえ！」

ロゼッタは深い溜息を吐く。聞こえよがしのそれに、老婆が眉を跳ね上げた。

「なんだい、言いたいことがあるならお言いよ、お貴族様」

「セイ……もう我慢しなくていいわよ」

「セイ？」

眉をひそめた老婆の仕込み杖を持った手に、ステラの腕から飛び出した毛玉が体当たりした。

ボキッと骨の折れる音が響き、仕込み杖が吹き飛んでいく。

老婆は絶叫した。

「ギャアアアアアアアアアアアアアアアア！」

「よくやったわね、セイ」

『ぼく、つよい！』

「ステラ、おいで」

「ママッ!!」

「ごめんなさい、ステラ。危険な目に遭わせてしまったわね」

「ううん、大丈夫。ママが何か聞き出したいんだろうなと思って、まだ暴れないようにって、ヴィリに目配せしてたくらいだもん。……ここに孤児院の子がいるかもしれないんだね」

どうして孤児院の子達が行方不明なことを教えてもらえなかったのかなど、ステラも思うところがあるだろうに、すべてを悟った強い目をして実の母の家の跡地を見つめている。

きっとアマラもまた、ステラのように強い目をした女で、村ぐるみの悪行に耐えられなかったのだろう。

だから逃げた。でも告発はしなかった。

——おそらくは、ピーターと出会ってステラを身籠ったから。

我が子を守ることを優先したのだと、ロゼッタは会ったこともない女の心のうちを察した。

村の女を制圧していたヴィリがひらひらこちらに手を振った。まだ子どもなのに、本当に強いらしい。

「地下に子どもが大勢いるよ、ロゼッタ様！　どうするんだい!?」

「――皇帝の影、いるのなら皇帝に伝言したいわ」

ロゼッタが虚空に呼ばわると、音もなく顔を隠した男が現れる。

トマ達はぎょっとしたように警戒態勢に入ったが、ロゼッタはそれを制した。

「このあたりの王国警備隊は信じられないわ。こんなこと、権力者が目を瞑っていないと起こり得ないもの。だからもしも協力を得られるのなら、帝国の人間を寄越してちょうだい。おそらく、神獣を密漁した者と同じ組織よ」

『ぼく、ここしってる。においかいだことある！　……とじこめられた、もりのにおいのする、くらいばしょだ！』

くんくん鼻をならして興奮したように言うセイを撫でてなだめながらロゼッタは言った。

「うちのセイもそうだと言っているわ。神獣の子を攫った組織は潰すって、グラシアナ様が皇帝の威信にかけて神獣に誓っていたわよね？」

「御意」

思っていた通りロゼッタについていた皇帝の影はそれだけ言うと、姿を消した。

「ど、どうしてロゼッタ様に皇帝の影がついてるんですか……？」

「神獣の子を従魔にしたから、見張られているのではないかと思っていたのよ」

「な、なるほど。そういうことでしたか」

驚愕の顔をするトマに、ロゼッタはありそうな説明をする。

実際には、ロゼッタが知りすぎているからその秘密を探ろうとするだろうと思っていた。

探られていたことにショックを受けるより、まだ興味関心を引けていると喜ぶ自分の心に、ロゼッタは頭痛がした。

「ロゼッタ様！　村の奴らみんな縛っておきました！」

「よくやったわね、ヴィリ。私達は子ども達を助けに行くから、ステラはヴィリと一緒に村の人達を見張っていてくれる？　誰かが悪い人に助けを呼んだりしないように」

「わかった、任せて！」

地下がどんな状態かわからない。ステラに見せるわけにはいかなかった。

トマ達と目配せをして、ロゼッタ達は地下に降りる。

煙の充満してしまった地下には牢屋が並んでいた。

ちょうど、フランカ孤児院の倉庫の地下で見たのと同じだ。あそことは違い、大勢の子ども達が囚（とら）われている。その姿に涙をこらえながら救助しているうちに夜になり、やがて夜が明けていった。

夜明け頃、見覚えのある旗（はた）を持った騎士団が大森林を抜けてやってきた。

「グラシアナ様！」

「ロゼッタ様！　神獣が我々を守って大森林を通してくれました！」

帝国騎士団第一部隊だ。

子どもを攫（さら）った組織の手がかりを掴んだと聞いて、神獣が協力してくれたらしい。

「子ども達も、この村の者達も、貴重な証人として我々帝国騎士団が保護します。ご安心ください、ロゼッタ様。私達を信じて呼んでくださりありがとうございました」

「お願いする……わ……」

グラシアナの顔を見てほっとした途端に目眩がして、ロゼッタの体から力が抜けていった。

「ロゼッタ様！」

「ママ！」

グラシアナとステラ、ヴィリが駆け寄ってくる。トマやケリー、エンリケやヤンツは子ども達を運ぶのを手伝っていた。

倒れこむロゼッタの体を誰が支えたのかわからないまま、ロゼッタは意識を失った。

○●○

「ここは……」

「王都ですよ、ロゼッタ様」

「……ヒュー？　いえ、あなたは――」

「ヒューで構いませんよ。というかここ、グラン王国なので。私が商人として振る舞ってるの、わかりますよね？　寝ぼけて変な名前で呼ばないでくださいよ」

ヒューレートに注意されて、ロゼッタは皇帝陛下、という言葉を呑みこんだ。

「ホテル、かしら？」

「ええ。あなたが予約されていたホテルですよ。あのまま帝国へ連れていってもよかったんですが、手続きもなしにしたら下手したら亡命になりますので、王都に運ばせました。具合はどうですか？」

「少しぼんやりするくらいで、いつも通りよ」

「熱が出ているのでいつも通りなはずがありません」

ヒューレートはぴしゃりと言うと、ロゼッタの額に冷たい濡れタオルを乗せる。

「あの、どうしてあなたが看病しているの？　ステラはどこ？」

「あなたと内密の話がしたいので、下がってもらっています」

ロゼッタの横たわるベッドの側まで椅子を引くと、ヒューレートは赤い目でロゼッタをまじまじと見下ろした。ひどく不機嫌そうな顔つきだ。

「あなたは一体何をやっているんですか？」

「何を……？」

「いくら冒険者を連れているからといって、明らかに異常な組織にどうして個人で対処しようとするんです？　あなたから連絡を受けた時には肝が冷えましたよ。しかも潜ませていた影を顎で使うだなんて、あなたは本当にどうかしている」

「私、そんなつもりじゃなかったのよ……」

「ハア？　だったら一体なんのつもりがあって人身売買組織の商品置き場を暴いたんですか？」

「私、勘違いしていたの。未来に大司教が受け取るはずの、三つの天啓があるのよ。私はそれを、星女神の乙女を指し示すヒントを表しているのだと思ったの。だって、本当に星女神の乙女の所縁の場所ばかりだし、それを手がかりに教会は星女神の乙女を見つけてしまうんだもの……」

「……つまりあなたは、星女神の乙女の存在を隠すために、手がかりを消そうとしただけだと？」

「そう。でも、違ったんだわ……あれはあの子を示唆する天啓じゃ、なかったんだわ……」

星女神は乙女を愛しているだけで何も望んでいないと神獣は言っていた。

それなのに、教会が星女神の乙女を探し出そうとするのを、星女神が手伝う理由がない。

「助けを求める子ども達を救うために、星女神が天啓をもたらしたんだわ。でも、未来の大司教は気づいてくれないの……誰も、誰も気づかなかったのよ……」

ボロボロと涙をこぼすロゼッタに、ヒューレートは深い溜息を吐く。

「これであなたが星女神の乙女じゃないなら、あなたは一体なんなんだ？　いや、答えなくていいですから。悩まないでいいですからね。また熱が上がるだけだ。どうしてポーションを飲ませても熱が下がらない？　……考えるなって言っているのが聞こえないか、ロゼッタ？」

「だって」

「何がだってだ。熱を下げることだけ考えろ」

ヒューレートに睨まれて、ロゼッタは一旦は口を噤んだものの、再び開いた。

「三つ目の天啓の場所にもきっと何かあるんだわ」

「あるとしても今のあなたには何もできない」

「王都の側にある、打ち棄てられた廃墟の教会よ……首を吊る聖女の絵が描かれているの」

アマラはステラをそこで産んだ。

だが、どうしてそんなところで産んだのだろう。すぐ近くに王都があるのに、まるで人里では産気づくことはできないと思っていたかのようだった。

実際そうだったのかもしれない。逃げていたのだ——おそらく、黒幕から。

「悪趣味なことだ。それが目印なんだろう。調査しておいてやるから眠れ」

「ありがとう、ヒュー」

後事を託したことでやっと安心したロゼッタが穏やかに微笑んで目を閉じると、ヒューレートは彼女の頬にかかった赤い髪をどけてやる。

その指に絡んだロゼッタの髪の一房。

ヒューレートは口づけると頭を抱えた。

自覚と否定【ヒューレート視点】

ロゼッタの寝室から居間に戻ると、ヒューレートは診断を下した。

「ポーションでも熱が下がりません。神官の資格のある私の見立てでは、ロゼッタ様のあれは神聖熱ですね」

「神聖熱って、何？」

不安げなステラの問いに、彼は飄々と答える。

「人間が神と関わりすぎると、体に負荷がかかって熱を出すことがあります。それですねえ」

「ママ、聖女なの？」

「本人は頑なに否定していますけどねえ。自分は悪い人間だからって。でも、神に愛されるかどうかは善悪で決まるものじゃないので、悪人の聖女というのもいておかしくないんですけどねえ」

「わたし、ママのこと大好き！　だから、神様もママのことが大好きだと思う」

「私もロゼッタ様のことが大好きなので、神様もロゼッタ様のことが大好きでも不思議じゃありませんね～」

おちゃらけるその顔を、ステラはじっと見つめた。ヒューレートはビクッとしてステラを見やる。

「なんですかその目は。ステラ嬢のその目、見透かされているようで私、苦手なんですけど」

ステラはヒューレートの顔をじーっと見守ったまま、ヴィリに顔を寄せた。

ヴィリもまたヒューレートの顔をじっと見つめる。

「ヴィリはどう思う？」

「孤児院の時とは違う感じだ」

「やっぱり、ヴィリもそう思うよね？」

「ああ」

「コォン」

「セイもそう思うって」

「なんなんですかね～二人して！　子狐まで私をそんな目で見るなんて、イヤらしい！」

二人と一匹が白けた顔をして散っていくのを見送るヒューレートに、トマがずいっと顔を寄せた。

「なああんた、権力はあるか？」

「は、はい？」

「ロゼッタ様は、権力がある男がお好きらしい。武力はヴィリで、財力は自分が補うから、自分の男に求めるのは権力だとのことだ」

「なんでそれを私に言うんですかね⁇」

トマはビッと親指を立てる。

「頑張れよ、ヒュー！」

「何をですかね⁉」

ヒューレートは地団駄を踏んで顔を覆（おお）った。

「私が妻に望むのはありとあらゆる点で完璧かつ強い女性……だからこんなの、あり得ない。あり得てはいけないんだ」

「必死に否定しなきゃならんほど想いが燃え上がっているんじゃのう」

「ギャア！」

「若いっていいのう」

耳元で囁（ささや）いて去っていくエンリケにわなわな震えるヒューレートを見て、ヤンツがぽんと手を叩く。

「もしかしてヒューさん、ロゼッタ様のことが好きなんすか⁉」

「おまえ、今更気づいたのかよ？」

ケリーがツッコミを入れるのと同時にヒューレートが我慢の限界を超えた。

「誰があんな取るに足らない弱い女を好きになるものか！」

「そう大声を出さなくてもよく存じていてよ」

ヒューレートは背後からかけられた声にビシッと凍りつく。

「ママ！　もう体は大丈夫なの？」

「まだ少し熱っぽいけれど、じっとしていれば大丈夫そうよ。だからステラの顔が見たくて起きてきたのよ。伝染る風邪ではないようだし」

「わたしもママに会いたかったよ」

「可愛いステラの顔を見ていたらそれだけで元気になれそうだわ」

「わたしもママといると元気になる～」

『ロゼ、ぼくもげんき！』

「セイも私に元気をくれるわね」

抱き合うロゼッタとステラ、セイ達の後ろから、ヒューレートはおずおずと声をかけた。

「あの、ロゼッタ様？　今のはその、言葉の綾で……」

「お気づかいいただかなくとも、あなたにとって私が路傍の石のごとき取るに足らない存在だということは以前から知っていてよ。そんなことでヘソを曲げたりしないから安心してちょうだい。何かに気づけば今後もちゃんと情報提供するわ」

ロゼッタがばっさりと言い切る。

トマが「むごい」と呟(つぶや)いた。ヴィリはヒューレートに近づくと、こそっと言う。

「ヒューさん、恥ずかしいのはわかりますけど、照れ隠しはほどほどにしたほうがいいですよ、嫌われちゃいますから」

「ヴィリに言われてやんの！　ガハハ！　酒がうめえ！」

「ケリー、可哀想っすよぉ」

ヒューレートが無言で部屋から出ていくのをヴィリとエンリケが指差して笑っている。

ロゼッタはその様子を怪訝(けげん)な顔で見送りつつ、トマ達に向き直った。

「あなた達、危険なことはないと言ったのに巻きこんでしまってごめんなさい」

「お気になさらず。乗りかかった船ってやつですよ」

「明らかに背後に大きな組織が絡んでいるわ。申し訳ないのだけれど、しばらくステラのそばについて護衛をしてほしいわ。もちろん報酬は支払うわよ。危険度から言って、当初の金額では足りないでしょうから、吊り上げさせてもらうわ」

「うひょー！　金をもらえるなら喜んでお守りさせていただきまっす！」

揉(も)み手(て)をするヤンツに、エンリケが肩を竦(すく)める。トマは「ですがまあ、大丈夫じゃないですかね」と楽観的に言った。

「あの村の背後に誰がついていたにしろ、あの村を無人にしたのが俺達だとはわからねえと思います。俺達が疑われたとしても、あれだけの人数をどうこうするのは無理だってわかるでしょうし、誰もあの暗黒大森林を突っ切って帝国側から騎士団が来たとは思いませんよ」

「あの森は越えられないことで有名だものね」

神獣が味方となったからできたことだ。そんなことを思いつく人間がどれだけいるだろう。

「ですので、ロゼッタ様とステラ嬢は春の舞踏会ってやつを存分に楽しまれてくださいよ」

「そうね。盛大な舞踏会だそうだから、ステラをお披露目するのが楽しみだわ」

例年、春の舞踏会は開催されるが、今回は規模が違っている。何か特別な発表があるのかもしれない。

だとしても、社交界から遠ざかっているロゼッタには無関係だろう。

ただただ貴族全員強制参加の招待状のおかげで、喪中にもかかわらず可愛い娘に可愛いドレスを着せてお披露目できることだけがありがたかった。

王宮舞踏会

「王都ってたくさん人がいるねー！」

「そうね。シェルツも人が多いけれど、さすがに王都は違うわね」

『ふんふん。ふんふん。いろんなにおいがするー！』

舞踏会までに三つ目の天啓の場所に行く予定だったが、何が出てくるかわからないこともあって止められてしまった。ヒューレートが調べると言ってくれたこともあり、ロゼッタは舞踏会までのあと一週間、王都観光を楽しむことにした。

主に、ステラに観光させることを、である。

「ステラ、欲しいものがあれば言いなさい。なんでも買ってあげるからね。シャイン男爵家のお金はすべてあなたのものなのだからね」

「ママ、そういう時はわたしがお金を使いすぎないように止めるものじゃない？　将来、わたしがすっからかんにならないように」

「確かに、ステラの財産を守るのも私の仕事よ。でも気にしなくていいの。向こう十年ほどのグラン王国の経済動向は神が見せてくれた天啓みたいなものからおよそ把握できるから。それをもとに投資をすれば簡単にお金を増やせるわ。ふっふっふ……！」

「聖女様のやることじゃねえぞ、それ」

護衛に徹していたトマが耐えきれないとばかりにツッコミを入れる。ロゼッタは肩を竦めた。

「だから、私は聖女なんかじゃないって言っているでしょう？」

ロゼッタは不敵に笑うと、遠い目をしているステラを連れてルンルンで商店街を歩いていく。

貴族向けに整備された商店街で、ここまで馬車で乗り付けてから散歩しながらお買い物をするのが王都の貴族のトレンドだ。これまでロゼッタも、このエメラルドストリートと呼ばれる商店街を歩き、思う存分買い物をするのが夢だった。

だからこそ、ロゼッタにとっては夢のような生活を日常的に送っていた人物がこの通りにいてもおかしくないと、想像しておくべきだったが。

「まさかそこにいるのって、お姉さま？」

聞き覚えのある声に、ロゼッタの血の気が引いた。

「……クリスティナ」

「やっぱりお姉さまだわ！　ということは、そっちは継子ってこと？　やだぁ！　こんなに大きな子の母親になっちゃったの!?　お姉さまの旦那様ってどれだけ年上だったのかしら……なんてお可哀想なお姉さま」

一息で畳みかけると、クリスティナは小さな唇をきゅっと引き締める。

「どれだけ辛いからって、継子を虐めたりしちゃだめですよ？　わたしの時みたいに」

「あれがクリスティナ様を虐めていたというお姉さま？」

「確かに恐いお顔だちね。クリスティナ様の可愛らしさに嫉妬するのも納得ね」

「継子も虐待されているのではなくて？」

クリスティナとその取り巻き達が好き勝手に言葉を交わす。

彼女は庶子でありながら貴族社会によく馴染んでいた。

「ママはわたしを虐めたりしません！」

「まあ、健げね」

「でもきっと影で色々されているのよ」

「あのロゼッタ様のことだもの。きっとそうよねえ」

くすくすと含み笑いをする令嬢達に、ステラは愕然とした顔をした。

「あなた、名前はなんていうの？」

「……ステラ」

クリスティナに名前を聞き出されたステラは、セイをぎゅうぎゅうと抱きしめながら半ばロゼッタのドレスの裾に隠れる。

そんなステラに視線を合わせるようにしゃがみこむと、クリスティナは微笑みを浮かべた。

何も知らない人が見ればその可憐さもあいまって、聖女の微笑みに見えるだろう。

「ステラちゃん、お姉さまに何かされたら、わたしに言ってね。わたしはクリスティナ・アウラーよ。きっとお姉さまに脅されて、恐い思いをして、本当のことを言えないのよね。わたしもそうだったからわかるわ。だけど勇気を出してわたしのところに来てくれたら、きっと助けてあげる」

「わたし、ママに何もされてないって言ってる。聞こえないの？」

「聞こえるわ。あなたの心の声がね。あなたが無理をしているの、助けてって言っている声、わたしにはちゃーんと聞こえているわよ」

「クリスティナ様はなんてお優しい方なのかしら」

勝手にステラの心の声を代弁するクリスティナと、そんなクリスティナを褒めそやす令嬢達。

ステラは無言で腕の中にいたセイを手に持ち、視線を合わせるクリスティナに向けた。

「あら、もしかしてわたしにこの子狐をくれるの？　美しい毛並みね。大きくなったらいい毛皮になりそ――キャッ!?」

クリスティナが悲鳴をあげた。

セイに小水を引っかけられたのである。

「あ〜、ごめんなさい。可愛いセイを見てもらいたかっただけなのに、おしっこしたくなっちゃったみたい」

ステラが嘘みたいな棒読みで言う。こんなステラを見たのははじめてで、ロゼッタは目を丸くしながら胸をドキドキさせた。

「さ、最低だわ。このドレスがいくらしたと思っているのよ⁉」

「おしっこ塗（まみ）れになっちゃったね。きちゃなくしてごめんなさい、おばさん」

「お、お、おばさん⁉　誰に向かっておばさんだなんて……⁉」

「ええー？　だって、ママの妹ってことはわたしのおばさんだよね？　オ・バ・サ・ン？」

「〜〜〜〜っ⁉」

そういえば、ゲームのヒロインは口が達者だった。あまりゲームと似ていないなと思っていたステラだったが、もしかするとこれまでは本領を発揮していなかっただけなのかもしれない。

「お姉さまッ！　子どもの不始末は親の責任よ！　どう責任を取ってくれるの⁉」

「クリスティナ、あまり動くとあなたの髪についた尿が飛び散るわ」

「ひぃっ」

取り巻きの令嬢達が髪を振り乱すクリスティナから怯（おび）えたように距離を取る。

クリスティナは真っ赤になると、その場から逃げるように立ち去った。取り巻き達も遅れてあとを追っていく。あとに残ったステラは、恐る恐るロゼッタを見上げて舌を出した。

「てへっ」

「ステラは可愛いだけじゃなくて、かっこよくもあるのねっ！」

「えへへ。ママならそう言ってくれると思ってた！」

クリスティナにおしっこを引っかけた当人もとい当子狐は、ふんと鼻を鳴らす。

『ロゼのいもうとだから、あれくらいで、かんべんしてあげたんだよ』

「毛皮にするだなんて言われたんだもの。あなたが怒るのは当然ね」

『ぼく、あいつきらい』

「ママ、わたしあのおばさん嫌い」

奇しくもセイと同じようなことを言いながら、ステラはしょんぼりと落ちこんだ。

「ママの妹なのに、家族なのに……ごめんなさい」

「いいのよ。私も嫌いだから」

「ホント!?」

「ええ、私、実家と仲がよくないのよ。私の家族はステラとセイだけよ。いざこざに巻きこんでごめんなさい」

「家族なんだから巻きこんでいいんだよ、ママ」

『ロゼ。ぼくたち、かぞく！』

「ありがとう、二人とも」

ロゼッタはステラとセイを抱きしめると、楽しくお買い物を続けた。

○
●
○

ロゼッタがホテルにいることを知っている者はそう多くない。

だから、客人が来たと言われた時からある程度、予想はついていた。

「まあ、お義母様(かあさま)……いえ、イレーネ様、お久しぶりで――」

元婚約者コンラッドの母、イレーネ・バルテル。彼女はホテルのロビーに現れたロゼッタにつかつかと近づくと、問答無用でその頬を叩いた。

「あなたは最低な人間ね！　結婚し、人の親にもなったというのに、どれだけクリスティナを傷つければ気が済むの⁉」

「……クリスティナに何を聞いたのか知りませんが、誤解ですわ」

ロゼッタはじんじんと痛む頬をそのままに、無表情で答える。

「何が誤解なものですか！　あなたに偶然再会し、きっと変わってくれたと信じて歩み寄ったのに、動物の小便をかけられて追い返されたと……嘲笑(あざわら)われたと……私もあの子の姿を見なければ、あなたがやったなんて信じられなかったでしょう」

「ああ、そのこと」

イレーネはわなわなと震えている。クリスティナは実際にあった出来事をアレンジしてイレーネに伝えたらしい。きっと涙ながらに哀れっぽく訴えたのだろう。被害者然として。

だが、クリスティナが近づいてきたからセイに小便を引っかけさせて追い払ったという話の要点自体に特に異論はなかったので、ロゼッタは認めることにした。

「まあ、今回に関しては誤解ではなさそうですわ」

「恥を知りなさい、ロゼッタ‼　あなたにヒルダの墓を訪れる資格などないわ‼」

「やめてよ、おばさん‼」

ロゼッタとイレーネの間に割りこんできたのはステラだ。

「わたしがやったの！　なのになんでママを殴ったの⁉　あのおばさんが人の話を聞かなくて、うちのセイを毛皮にするって言ったの！　だからセイだって怒っておしっこをかけたんだよ⁉　なのにどうしてママだけが悪いの⁉」

「あ、あなたは……？」

「どうしてママを叩いたの⁉　わたしを叩いてよ‼　ママは何もしてないのに、なんでよ！　ひどいよ！　あっちがママを悪く言ったのが先なのに！　ママは何も悪くないのに‼」

「ステラ……」

泣きながら叫ぶステラを、ロゼッタは抱きしめた。

「ありがとう、ステラ。私は大丈夫よ」

「大丈夫じゃないよ！　ごめんなさい！　わたしがあのおばさんに嫌がらせしたから、ママが叩かれたんでしょ？　わたしのせいだ……！」

「ステラのせいじゃないわ。嘘をついたクリスティナが悪いの。ステラは悪くないわ。ステラは自分を守っただけだもの。クリスティナに変なことを言われて、恐かったわよね」

「でも、でも、ごめんなさい、ママ……！」

泣き出してしまったステラを抱っこしてなだめながら、ロゼッタはイレーネに向き直る。

イレーネはロゼッタと視線が合うと険しい顔をしたが、その表情には戸惑いの色もあった。

「今ならイレーネ様の気持ちがわかりますわ」

「な、なんですって？」

「我が子の言葉ならなんでも信じたくなる気持ち。あの時はどうしてコンラッドの言葉ばかり信じるのかしらと恨んだけれど、今はもう恨みはありません。我が子の言葉を誰よりも信じて、愛して、助けるのは当然のこと」

ロゼッタはステラを抱きしめ微笑む。

「あなたの可愛い息子の婚約者にうちの従魔が排泄物をかけたのは本当よ。それはごめんなさいね。ドレス代を弁償しろというのなら請求書を送ってちょうだい。支払うわ」

そう言い置いて踵を返そうとしたロゼッタを、イレーネは引き留めた。

「待って、ロゼッタ！　その子は、自分がやったと言っているわ。クリスティナがあなたの従魔を毛皮にしようとしたと……あなたを悪く言っていたと……実際には何があったのですか？」

「どうして私の話など聞くのです？　なんの興味もないでしょう？」

「ロ、ロゼッタ……？」

「あなたはクリスティナとコンラッドの言葉だけ信じていればよくってよ、バルテル男爵夫人……

今後はシャイン男爵夫人と呼んでもらえるかしら？　あなたとは名前で呼び合うほど親しくないもの」

ロゼッタは赤く腫らした頬で微笑むと、ステラを抱いてホテルの中に戻る。

その後ろ姿を、イレーネは茫然と見つめていた。

○
●
○

「私はどんな時でもステラの味方だけれど、バルテル男爵夫人のように子どもを教育しない親にはなりたくないわ。だからこれからは、腹を立ててもおしっこを引っかけないこと。最後に残る結果だけを見たらこちらが悪者になってしまうもの。いいわね？」

「うん、わかった！」

『わかった！』

素直にうなずくステラとセイに、ヴィリが近づいてきて入れ知恵をする。

「もっと用意周到に、搦手でいくといいんだぜ。おれ、トマに習ったんだ」

「搦手……だね！」

『からめて！』

多分、誰も反省はしていない。ロゼッタもいい気味だと思っていたのは事実である。

「それにしても……ステラが綺麗すぎて、王宮に行かせたくないよ」

ヴィリが嘆くように言うのを聞いて、ステラが今までになく柔らかくはにかんだ。

「わたし、きれい？」

ロゼッタが選び抜いた渾身のデビュタントドレスだ。

手に入る限りの最上級のシルクをかき集めて作らせた、レースとドレープたっぷりのふわふわの白のドレスに金色と青のリボンの装飾。

できることならアクセントの青の布地にはクリスタルナイトシルクと呼ばれる帝国最上級の濃紺の青で染め抜いた夜色のシルクを使いたかったが、どんなにお金を積んでも手に入らなくて諦めた。

絶対にステラに似合うのに、帝国では主に皇后のための布地とされていて、帝国貴族でも入手困難らしい。

ロゼッタはステラのリボンの青の布地で作った落ち着いたデザインのドレスを着ている。

既婚者だし、喪に服している未亡人なので、あまり派手にはできないのだ。

「ああ、綺麗すぎて、他の奴らもみんなおまえばっかり見るんじゃないかな。……嫌だなあ」

クリスティナへの反撃がある意味失敗に終わって落ちこんでいたステラは、次なる反撃に向けて一緒に計画を練っているうちに、どうもヴィリに心を許した様子だ。

ステラは実のところかなりの悪戯っ子で強か。そんな自分を見せることに躊躇いがあるらしい。

ロゼッタはもちろんそんなステラも可愛いし、ヴィリはそんなステラだってもちろん好きなのだ。

そうと知ったステラのヴィリへの態度が変わったことにロゼッタは気づいてあらあらと思ったものの、ヴィリは気づかない。

「Bランク冒険者以上なら貴族相当ってことで貴族のパートナーになれるんだよな。いいよなー、トマは」

「おまえも早くBランク冒険者になればいいだろう？」

「そうだけどさ。はあ、早くSランク冒険者にならなきゃなあ」

青の疾風のパーティーランクはCランクのゴールドだが、トマだけはBランクの冒険者だった。

ロゼッタはトマにパートナーとして同行してもらうことになっている。

「友よ……俺がパートナーですまんな！」

「トマ、一体誰に謝っているのよ？」

明後日の方角に向かって謝るトマの服装の最終確認を行う。冒険者だけあって体つきがしっかりしているために貧弱な貴族の令息達よりよほどフォーマルな装いが華々しかった。

「悪くないわね」

『ぼくは？　どう？』

「ステラとお揃いのリボンがよく似合っていてよ、セイ」

招待状には従魔の同行が推奨と明記されていたので、ありがたくセイも同行させる。

「ステラを守ってね、セイ」

『まかせて』

「じゃ、わたしはセイを守ってあげるからね」

肩の上で胸を張るセイにステラは頬を寄せてにっこり笑った。

「じゃあ……そろそろ時間ね」

ロゼッタ達は用意していた馬車に乗ると、王宮に出発した。

○
●
○

「わあ、すごい、ピカピカ……！」

感嘆するステラと、ロゼッタは心のうちでは同じ気持ちだった。

ロゼッタはほとんど王宮のパーティーに出席したことがない。出席できるようなドレスを仕立ててもらえず、幼い頃に何度か来たきりだった。

「まあ、いらしたわ……」

「恥ずかしくないのかしら……」

だが、浮ついた気持ちはすぐにしぼんでいった。

ロゼッタが現れた途端、ヒソヒソと扇子の内側で陰口を叩かれる。令嬢や既婚婦人、男性も関係なしに白い眼差しを送ってきた。

クリスティナとコンラッドはよほど王都での地位を盤石なものとしているらしい。きっと誰もが彼らの言葉を信じ、ロゼッタの言葉など信じてはくれないだろう。

だが、ここにはロゼッタの味方もいた。

「ママ、行こっ」

ステラはロゼッタの手を掴むと、ずんずん歩いていく。

「ったく、貴族社会ってのはこれだから……ロゼッタ様、大丈夫ですか？」

「うふふ、ステラもトマもありがとう。私は平気よ」

今ではロゼッタを誰より信じてくれる人達がいる。ロゼッタは胸を張って入場した。

「シャイン男爵夫人ロゼッタ様、ステラ様、Bランク冒険者のトマ様のご入場です」

侍従が名を読み上げるので、伝わらなくていい人物にも来訪が伝わってしまう。

ロゼッタ達はそそくさとその場をあとにしようとしたが、招かれざる客がやってきた。

「ロゼッタ、久しぶりだね。随分羽振りがいいらしいじゃないか」

「……コンラッド、久しぶりね」

「聞いたよ。クリスティナのあのうんざりするほど高いドレスを弁償したって。あれだけ泣いて結婚を嫌がっていたじいさんと結婚したかいがあるじゃないか。数ヶ月我慢しただけで大金持ちだ」

「コンラッド！　この子は夫の実の娘よ。黙ってちょうだい！」

「ああ、君が虐待しているという噂の娘かい？　だが、本当のことだろう？　娘本人も知っておいたほうがいい。自分が嫌われているのは自分のせいではないと知るためにもね」

コンラッドは薄ら笑いを浮かべながらステラを見下ろした。

「ロゼッタは僕と結婚したかったんだよ。だけど、僕はこんなろくでもない女との結婚が嫌でね。僕が拒絶したから君の父親と結婚することになったらしい。ロゼッタはそれが嫌でたまらなくて、それでも結婚させられたことが許せなくて、君に八つ当たりをしているんだろう」

それはおよそ、ゲームの中のロゼッタが辿る未来だ。

前世を思い出す前の自分の姿だったから、ロゼッタは何も言えない。

「大丈夫だよ、ママ」

唇を噛みしめるロゼッタを安心させるように笑うと、ステラはコンラッドを睨んだ。

「ママは最高のママですよ。ママみたいな素敵な人があなたみたいな意地悪な人と結婚したがるとかあり得ないと思うので、今後は変なこと言うのやめてください」

「ふん、よく懐かせているじゃないか。確か庶子の娘に、そちらは平民の冒険者？　まあ、君にはお似合いなんじゃないかい？　ロゼッタ」

コンラッドはステラとトマを見比べ鼻で笑う。

「だがまあ、大金持ちになったせいかそこそこ見られる見た目になってきたんじゃないかい？　金の力はすごいね、ロゼッタ。君が泣いて頼むなら愛人くらいにはしてあげてもいいよ」

「こちらから願い下げよ」

「そうやって意地を張るところが可愛げがなくて父君にも嫌われる原因だと、どうしてわからないんだろうね？　まあ、いいさ。僕は寛大だから許してあげるよ」

そう言うと、彼は笑いながら立ち去った。

トマがコンラッドの背中を見送り、溜息を吐く。

「あんたの妹といい、あの男といい、どうしてこうも言葉が通じないんだ？　あいつらは頭がおかしいのか？」

「他の人に対してはもっと普通の人達よ……私の言葉を取り合う気がないだけなの。自分よりも目下の人間の言葉なんて、聞く気がないのよ」

かつてロゼッタもそんな人間だった。

自分がそういう扱いをされたから、ステラにやり返そうとした。

そうしなくて本当によかったと溜息を吐いたところで、流れていた音楽が止んだ。

「グラン王国の臣民達よ、今宵はよくぞ私の招待に応じて集まってくれた。例年の春の舞踏会とは違い、より多くの者達に出席してもらったのにはわけがあるのだ」

グラン王国の国王は三十代後半。

先代の国王から穏やかに譲位を受けて国王となった人物で、賢明な王だと言われている。

だがロゼッタが無能だと感じるのは、やがてステラなしにはこの国を滅亡に追いこむからだ。

そして、この王の息子が攻略対象のうちの一人のオレ様王子だった。

忙しい両親に構ってもらえない寂しさから虐めまがいのちょっかいをかけるタイプで、たとえそれが好意の裏返しであろうとも、ステラ相手にそれをやられればロゼッタは看過できない。

「実は今宵の宴には、特別な友人を招いている。どうぞ、ご入場いただきたい」

国王が丁重に招き入れる。ただの友人であるはずがなかった。

続く扉が開け放たれ、そこから入ってきたのはロゼッタ達と似たような服装でありつつ、どこか異国情緒のある雰囲気の一団だった。

中央にいる顔を隠した人物を守るように先導するのは帝国騎士団第一部隊だ。

先頭にグラシアナを見つけ、ロゼッタは唖然とした。

彼女が守るような人物に、ロゼッタは一人しか心当たりがない。

「レガリア帝国はその強大な力をもって混迷を深めるフィール大陸を統べる偉大なる国である。その偉大なる国の皇帝陛下は祭司長でもあるため、長らくその姿を隠してきた。だがこの度、我らグラン王国との友好を深めるため、わざわざご足労いただけることになったのだ」

国王は大得意の顔をしていた。

レガリア帝国はその強大さゆえに、長らく近隣諸国との外交をおざなりにしてきた。周辺の国々など、帝国にとってはどうでもよいのだ。

それが突然、その国の王が訪問した。

長らく神秘に包まれていたレガリア帝国の王、顔を薄い紗の垂れ布で隠した皇帝が進み出る。

「グラン王国国王陛下、突然の申し出にもかかわらず我々の訪問を歓迎してくれたこと、ありがたく痛み入る」

いつもより低く、優美な声だった。張りあげているわけでもないのに不思議と舞踏会場全体に響く。

だが、何をどう聞いてもヒューレートの声である。

ステラとトマも気づいただろうし、慌てないように落ち着かせないと……と思って二人を見たロゼッタだったが、どちらもヒューレートの正体に気づいた様子がない。

「我らの友レガリア帝国の若き皇帝陛下からの申し出だ。喜んで受け入れるとも。しかもその理由が我が国の貴族への恩返しだというのだから、この誇らしい訪問を拒む理由は私にはない」

ロゼッタは思わず後ずさりした。だが、そんな彼女を逃がすかとばかりに顔を隠した皇帝が呼ばわる。

「ロゼッタ・シャイン。こちらへ来るように」

「皇帝陛下がお呼びだぞ、シャイン男爵夫人」

国王がウキウキした様子で言うのが憎たらしい。

こういうことは根回しをしておくべきだろうに、根回しがなかったのは明らかにヒューレートの意向だろう。顔を隠していても彼が笑っているのがわかる気がして、ロゼッタは思わず遠くヒューレートを睨(にら)みつけた。

「セイ、私の肩にいらっしゃい……トマ、ステラをお願い」

「あんた一体、何をやったんだ？　例の件じゃないだろ？」

未解決の子ども達の誘拐事件の話をここでするはずがない。

「セイの兄弟達を帝国に帰してあげたことだよ、きっと」

「ええ、たぶんそのことね」

ステラにうなずくと、ドクドクと音を立てる心臓を抱えてロゼッタは前に進み出る。

「ロゼッタ・シャイン。あなたは我が国の神獣古代狐(エンシェントフォックス)の子を見つけ、保護し、帝国に返還してくれた。帝国にとって古代狐(エンシェントフォックス)は神に寵愛(ちょうあい)され、神の意志を代行する、神の使いとも呼ばれる存在。彼らを無事に我らのもとに取り戻してくれたことに、心からの感謝を伝えさせてほしい」

一体どういうつもりなのかと眼差しで訴えるロゼッタに、紗の中でヒューレートが溜息を吐くのが見えた。溜息を吐きたいのは自分のほうだと訴えてやりたい。

「ロゼッタ、あなたの善なる行動に心を打たれ、あなたの従魔になりたいと自ら望んだ神獣の子は健やかか？」

「……はい、皇帝陛下。こちらにおりますわ」

「そうか、健やかなのであれば何よりだ。どうも先日、神獣の子を成獣まで育ててから毛皮を剥ごうなどと言った愚かな令嬢がいたそうではないか？　なので、少し心配していたのだ。神獣は人の言葉がわかるゆえ、それを人間の裏切りと感じないかとな」

「人の言葉がわかるからこそ、自分でやり返していましたわ、陛下」

「次に侮辱されたらその者の指を食いちぎるがいい。私がすべての責任を持とう」

「コン！」

動揺を見せる界隈があって、ロゼッタは呆れた。

よほどクリスティナはロゼッタの悪行を広めて回っていたのだろう。

ロゼッタに、飼っている動物を使って嫌がらせをされた――そうクリスティナが触れ回っている範囲が広ければ広いほど、彼女が帝国の神獣を侮辱してやり返されたと気づく人が増える。

ロゼッタがほくそ笑んでいると、ヒューレートが囁いた。

「こんなふうに私に助けられていないで、この程度のことは自分でどうにかしろ」

ロゼッタはむっと彼を睨んだ。

自分でどうにかできるものなら、とっくにどうかしている。

ヒューレートはロゼッタから離れると言った。

「帝国の恩人たるロゼッタを育むこの国の王たる国王陛下に心ばかりの礼の品を用意した。どうか受け取ってもらいたい」

「おお！　我が臣下が有能なおかげでありがたいことだ！」

国王がはしゃぐ横で、ロゼッタはヒューレートとの会話の機会を虎視眈々とうかがう。

ロゼッタに恩返しをするために、やってくる人じゃない。

そこへ、コンラッドとその母親のイレーネ、クリスティナ、クリスティナの母親とアウラー子爵フレッド――ロゼッタの父親が現れた。

「我が愛する娘よ、よい行いをしたそうじゃないか」

フレッドが機嫌良く言った。

「我が子同然に可愛がってきたかいがありましたわ」

クリスティナをそのまま大人にしたような美しい継母が白々しく言った。

「幼馴染みとして誇らしいよ、ロゼッタ」

どの面下げて言うのか、コンラッドが言う。

「立派な行いをしたお姉さまを見て安心しましたわ。誤解や行き違いはあるけれど、すべて水に流してさしあげる」

クリスティナも誰も、ロゼッタの表情が曇るのを見てもなんとも思わないらしい。

一人だけ、イレーネが物言いたげな目をしていたが、ロゼッタは目を逸らした。

その先にはヒューレートがいて、紗の奥からロゼッタを見ている。

これくらいのことは自分で解決しろと、幻滅させるなとその目が言っている気がして、ロゼッタは奥歯を噛みしめた。

この男はひどく簡単に言う。この男にとっては簡単だろうと思う。

ロゼッタにとっては、これまでの人生のすべてだったのに。

だが、この男に幻滅されたくないという馬鹿げた恋心のおかげで、ロゼッタはこれまでの人生のすべてに背を向けた。グラン王国の国王に向き直る。

「国王陛下、お願いがございます」

「うん、何かな？　君の願いならなんでも聞いてしんぜよう」

レガリア帝国からの贈り物を一つ一つ確かめてははしゃいでいた国王は、機嫌良く答えた。

「私の経歴を遡り、私の母ヒルダが亡くなった大陸歴七五八年からの私の籍をアウラー子爵家から抜いていただきたいのです」

「ロゼッタ⁉　一体何を言う⁉」

父が目を剝くが、ロゼッタは一瞥して言葉を続けた。

「私の母が亡くなって以降、私はアウラー子爵家の人間だったことはありません。七五八年以降の私の籍を母の実家であるマエスタス伯爵家の籍に入れていただきたく存じます。ただ貴族籍だけを望むものであり、財産権、相続権は放棄いたします」

「ふむ。それはつまり、シャイン男爵との婚姻を無効にしたいとの申し出か？」

「いいえ。シャイン男爵であるピーターとの結婚は、私が生涯で唯一父に感謝する贈り物でした。神の恵みと思っております」

「では、シャイン男爵と結婚したのはロゼッタ・アウラーではなくロゼッタ・マエスタスである、ということにすればよいのだな？」

「そのようにお願いいたします」

「よし。グラン王国とレガリア帝国を結びつけた功労者としてそなたの願いを聞き届けよう」

ロゼッタはお辞儀をしながらドッと汗をかいた。

願ってみれば、こんなにもあっさりと希望が通るものなのか。

ヒューレートを見やると、肩を竦められる。この程度のことで大げさだと言わんばかりだ。

だが、むっとするより前に、ロゼッタからは笑みがこぼれた。

本当に、この程度で終わるような関係のために、無駄に長らく苦しんでしまったものだから。

「ロゼッタ！　この恩知らずめ！　自分が上手くいった途端に家族を捨てるなど、薄情者め‼　国王陛下と皇帝陛下の前で自らの親不孝ぶりを披露するなど、恥ずかしいとは思わないのか‼」

「アウラー子爵、皇帝陛下の前で声を荒らげないでいただきたい」

「へ、陛下……どうして娘のおかしな我が儘を聞き届けようとなさるのですか？」

「それは、私もまたシャイン男爵夫人がアウラー子爵にとって家族の一員ではなかったことを知っているからだ」

「な、何を」

「皇帝陛下よりシャイン男爵夫人への表敬訪問の打診があって、まっさきにアウラー子爵家について調べたよ。王都暮らしのはずなのに、おかしなことにクリスティナ嬢についての情報は出てくるが、シャイン男爵夫人が令嬢だった頃の情報がほとんどない。悪意ある噂話以外の情報がな」

「ロゼッタは幼い頃から大変な悪童だったのです。母親を亡くした心の傷のせいでしょう。その噂話は大方事実のはずです」

国王はうんざりしたように溜息を吐く。煩わせているのは自分だろうかと不安に思ったロゼッタだったが、彼女の視線に気づいた国王は優しい眼差しをしてから、フレッドに向き直って険しい目つきに戻した。

「それが事実だとして、シャイン男爵夫人のデビュタントもしてやっていないではないか。クリスティナ嬢の時には私の耳にも入るほど盛大に祝ってやっていたというのに」

「それは、ロゼッタが出不精でして」

「私もドレスが欲しかったわ、お父様。素敵なドレスを着て王宮で踊ってみたかったわ。お願いしたけれど、おまえに金を使うのはもったいないとお父様はおっしゃったわね」

「黙れ、ロゼッタ!」

「愛されたかったわ。大事にしてほしかった……クリスティナみたいに盛大にデビュタントを祝ってもらいたかったわ。でも、それももう過去の願い」

ほんの数ヶ月前までのロゼッタの願い。

だが、すでにロゼッタは変わりはてたのだ。

「お父様……アウラー子爵、あなたに食べさせてもらった恩はシャイン男爵家に嫁いだ時にいただいた支度金で十分に返せたはずでしょう？　私はもうあなたに何も望まないわ。だから、あなたも私に何も望まないでちょうだい」

「私はシャイン男爵夫人を支持するよ」

「ご支持をいただきありがとうございます、陛下」

「私も支持しよう」

ロゼッタは息を呑んでヒューレートを見上げた。

「よく言ったな、ロゼッタ」

「……っ」

「おい、この程度のことで泣くな」

「取るに足らない女に、無茶言わないで……」

あふれてくる涙を止められずに泣き出したロゼッタに、呆れたようなヒューレートの様子が伝わってくる。

ヒロインがレベルを上げきって最効率で攻略してはじめて攻略できるような男相手に、幻滅されずにいようというのが土台無理な話だ。

「はぁぁ……ったく」

盛大な溜息を吐いたヒューレートにロゼッタが関係の終わりを察した次の瞬間、抱き寄せられた。

「えっ？」

涙をポロポロこぼしながら顔を上げると、ヒューレートの顔が目の前にある。

彼が被っている紗の帽子の中に、ロゼッタまでも取りこまれていた。

「あの、こんなことをしたら、誤解されるわ」

「誤解させておけばいい。私の愛人だとでも思わせておけば、こんな弱小国であなたを虐められる人間は誰もいない……だからもう泣くな」

ヒューレートの腕に抱かれて、ロゼッタは囁く。

「……私を取りこむことで私を母と慕うステラごと取りこもうってつもりね」

「おい、いくらなんでもそれはないだろう」

「私、あなたが好きよ、ヒュー」

ヒューレートはぎょっと目を丸くした。ロゼッタは手の下で彼の胸のうちにある心臓の鼓動を妙に大きく感じたが、気のせいだろうと流して続ける。

「だけど、私はステラを私の恋心の犠牲にしたりしないわ。決して」

「……ああ、そうですか……はあ」

決意を込めて言うロゼッタを見て頭を抱え、ヒューレートは再び溜息を吐いた。

ヒューレートと離れると、満面のニヤニヤ笑いの国王に「皇帝陛下とダンスをしてはいかがかな？」とすすめられ、「私と踊れ」とヒューレートに命じられ、踊ることになる。

ダンスがはじまると、ヒューレートは言った。

「あなたの天啓の教会を調査した。その結果、邪教徒の儀式の場だということがわかった」

「邪教徒ですって？　それってつまり、邪神の信徒？」

「ああ。王国側と連携していたら逃がしかねないので、組織を一網打尽にするために王国に帝国騎士を入れる大義名分が必要だった。だからロゼッタへの恩を口実にして、私自らやってきたのだ」

最初は緊張していたが、彼が事情を説明するためにダンスホールに引っぱり出しただけだと悟ったあとは、ロゼッタは無駄な緊張の荷を肩から降ろす。

「なるほど……それならそうと最初から言ってくださらない？　今日、何度心臓が口から飛び出しそうになったことかわからなくてよ」

「この程度のことで大げさだ」

「私みたいな平凡な女には大げさではないのよ！」

「少しは私に相応しい女になろうという気はないのか？　私が好きなのだろう？」

「全然ないわ。どうせあなたに好かれるなんてあり得ないし、籠絡されてステラに迷惑をかけるのも嫌だもの」

「好かれるかもしれないだろう」

「あなたは完璧な人間以外愛する価値などないと思っているでしょう？　でも、私には無理よ」

「はぁ……」

ヒューレートは溜息を吐きながらロゼッタの体を回す。

「私のそばに相応しい女以外を愛する価値などないのに、そんな価値があるかどうかもわからない女を好きになったらどうすればいい？」

囁かれたロゼッタは、ふんと鼻を鳴らす。

「籠絡ね！　騙されないわよ！」

「は～～～」

特大の溜息を吐くヒューレートとのダンスが終わった。


ひとまず、あとのことはヒューレートに任せておけばいいらしい。

ロゼッタは安心して舞踏会を楽しむことにした。

戻ってきたロゼッタを出迎えたステラが神妙な面持ちで言う。

「ママ……」

「何かしら、ステラ？」

「ママって、お父さんのこと好きだった？」

コンラッドが余計なことを言っていたし、他にも口さがない者達から色々と話を聞かされもしたのだろう。ロゼッタは嘘を決して吐かないことにした。

「最初はね、見知らぬ男に嫁がされるのが恐くて泣いていたわ。それは本当。見知らぬ男より、見知ったクズのほうがマシだと思っていたの」

「見知ったクズ……コンラッド？」

呼び捨てにするステラにロゼッタは深くうなずく。

「そうよ。クズの母親のほうは、私が知る人間の中では一番ましだったから」

「えーっ。ママを叩いた人だよね？」

「そう」

「ママが他の人のことを知らないからそう思ってただけだよ」

「ええ！　ステラの言う通りだったわ」

　ロゼッタは笑顔になる。

「あなたのお父さんと……ピーターと結婚して、あの人のことを知るたびに好きになっていって、とても恐かったわ」

　もうすぐ死ぬと出会った時からわかっていた人。

　ステラははっとした顔をした。

「うん……ママの気持ちわかる。わたしも、恐かった……」

「だから、クズの言うことなんて気にしないでね、ステラ」

「わかってるよ、ママ――わたしね、ママのこと大好きだよ。でも、お母さんのことも大好きなの」

「素敵だと思うわ」

「うん、だから――ママも、お父さん以外の人を好きになっていいんだからね」

　涙腺が脆くていけない。ステラを抱きしめてまた涙がこぼれてしまった。

　先程ヒューレートの腕で泣いたのもあって、化粧が壊滅的に崩れている気がする。

「化粧直しをしてくるわ」

「いってらっしゃい！」

「ステラ嬢についときますんで」

見送られてロゼッタは化粧室へ向かった。

その道中に呼び止められたが、そのまま無視して通り過ぎようとする。

「ロゼッタ――無視するなよ。これが目に入らないのか？」

「……何よ、コンラッド」

うんざりしながら言うロゼッタに、コンラッドはヒラヒラと一枚の紙を揺らした。

「これは君と僕との婚姻届だよ、ロゼッタ」

「は？　それって――」

「ドミニク司教が保管していてくれたんだ。何かに使えるかもしれないってね。僕と君とが神の前で誓いを立てた日付がここにあるだろう？　君がシャイン男爵と結婚するよりずっと前の日付だ」

それは、まだ愛と希望を諦められなかった頃のロゼッタが、捨てられまいと悪あがきをした痕跡だった。とっくに破棄されたと思っていたものが、コンラッドの手に握られている。

薄ら寒い気持ちで、ロゼッタは鳥肌を立てながら言う。

「……あなた、一体何が言いたいのよ？」

「娘を可愛がっているみたいじゃあないか。だが、僕が君との婚姻関係を主張すればシャイン男爵との結婚は無効になる。娘と他人になりたくなければ君は僕と取引するしかないんだよ、ロゼッタ」

「あなた、最低ね！　私があれだけ結婚したいと言った時には、無視したくせに！　ドミニク司教と謀って、婚姻を無効にしたくせ！　私に濡れ衣を着せて、クリスティナを虐めた女に仕立てたくせに!!　今更私と結婚したいわけ？　笑っちゃうわ!!」

「うるさい女は可愛くないよ、ロゼッタ。僕の機嫌を取ったほうがいいんじゃないか」

ロゼッタは歯を食いしばった。こんな男の言いなりになるのは愚かな選択だとわかっている。だがそれでも、ステラとの母子関係を万が一にも解消されるのが嫌だった。

「僕の要求を呑めば婚姻届は破棄してやろう」

「さっさと要求を言いなさい」

「こんなところで話をするのもなんだろう？　ついてくるといい」

ロゼッタは、会場に残してきたステラに後ろ髪を引かれながらコンラッドについていった。

王宮の外に連れ出され、馬車に乗せられる。

馬車に揺られた時間はそう長いものではない。停まった馬車から降りると、教会の前だった。

教会にしては寂れていて、壁が朽ちている。今は使われていないことが見た目だけでわかった。

一瞬、三番目の天啓で見た教会を思い出して怯んだものの、あれは廃墟となっているし、町の外にある。王都の中にあるこの教会とは別物だ。

「ここでなら誰にも邪魔されずに話せるだろう？　ロゼッタ……僕を皇帝に推薦しろ」

「推薦って、どういう意味よ？」

「この国ではガチガチの身分制度で役職まで縛られているが、帝国は実力至上主義だと聞く。僕が帝国に生まれていたら今頃帝国の高官だろう。だが、残念なことに僕はグラン王国の貴族の生まれで、しかもバルテル男爵家なんていうしょぼい家の出身だ。このままじゃ、僕は一生高位貴族に頭を下げて生きなくちゃいけない。だが、君が僕を皇帝に推薦すれば話は変わるッ！」

ロゼッタはうんざりしてコンラッドの後半の話をほぼ聞き流した。

「つまり、帝国でなら出世できるに違いないから、帝国に行きたいということ？」

「そうだ！　王国貴族として帝国に留学し、帝国での地位を手に入れたいんだ」

「そうは言っても、皇帝にそんなコネはなくてよ」

「寄り添い合っていたくせに、嘘を言うな！」

「私が泣いていたから慰めてくださっていただけよ。いい人なのね」

「だが……！」

「冷静に考えてちょうだい、コンラッド。私に帝国の皇帝を魅了するような魅力があると思うの？本気で？　もしそうならあなたは私を手放さなかったんじゃない？」

コンラッドは沈黙した。ロゼッタにとっても情けない話だが、納得できたのだろう。

「前より多少見てくれがよくなったという自信はあるけれど、それは亡き夫の金の力よ。で、皇帝はそういう金の力で磨き抜かれた女を見慣れていると思うの」

「まあ……そうだな……」

「わかったら、もう解放してくれないかしら？　無意味な時間だわ」

誤魔化しきれそうなので、ロゼッタは安堵まじりの溜息を吐いた。

この程度のことがわからず浅はかな交渉を持ちかける時点で、帝国で何ができるのだろう。

だが、わざわざ逆上させるようなことを言っても仕方ないのでロゼッタは口を噤んだ。

その時、コツン、と教会の床を歩む、コンラッドとロゼッタ以外の靴音が響いた。

「コンラッド様、騙されてはいけません」

闇から現れた人物に見覚えがあり、ロゼッタは目を剥く。

「ドミニク司教!? どうしてこんなところに……!?」

ロゼッタの問いを黙殺して、ドミニクはコンラッドに語りかけた。

「帝国の皇帝は自国の国民どころか貴族達にさえ自身の顔を見せません。神の威光をその身に宿す祭司長でもあらせられるからです。そんな皇帝が顔を隠す垂れ布の中に入れた女性が、彼にとって特別な存在でないはずがありません」

「……ロゼッタ、どういうことだい？」

「知らないわよ！ うっかり入れちゃっただけでしょう！ 勢いあまって！ というかどうしてこんなところにドミニク司教がいるのよ？」

ロゼッタは嫌な予感を覚えつつ、問いを繰り返す。

コンラッドの手には婚姻届。ここは教会で、神と人とを繋ぐ役目を持つ司教がいる。

普通、こういうシチュエーションは結婚の時に発生するべきだ。

コンラッドは本気でロゼッタと結婚するつもりなのか。

戦々恐々とするロゼッタに向かって、ドミニクは穏やかに微笑んだ。

「あなたを皇帝への人質にするためですよ、ロゼッタ様」

「――は？」

予想だにしなかった理由を口にされて、ロゼッタはきょとんと目を丸くする。

同じようにぽかんとしていたコンラッドが、「へぶっ⁉」と奇声をあげてその場に倒れた。背後から何者かに後頭部を殴打され気絶させられたのだ。

そして、ロゼッタもまた背後から忍び寄ってきた黒いローブ姿の男に拘束された。

「な、何をするのよ⁉　皇帝への人質って、一体なんの話⁉　意味がわからないわよ！」

「ロゼッタ様はいわば囚われの神獣達を偶然にも見つけてしまった、巻きこまれた一般人ですからねえ。事情を知らないのも無理はありません。そんな女性がどうして皇帝の特別になり得るのかが疑問ではありますが」

「あの、本当に、なんの話をしているのかが見えてこないわ……！」

特に、皇帝の特別、という単語の意味がわからない。

ロゼッタはただ単に、ゲームで皇帝の顔を知っていただけの人間である。

あちらも特別に扱うつもりなんてまったくなかっただろうに顔を知られていて驚いただろう。

「レガリア帝国の皇帝は、神の威信を地に落とそうとしている」

「そう……なの？」

「そうなのですよ、ロゼッタ様。その証拠に、皇帝が統べる帝国ではもはや神に寵愛されし聖女も聖者も生まれてこない」

　知っている情報が出てきて、ロゼッタは全力で表情を取りつくろった。

「信じられませんか？　ですが事実なのですよ。あの男は神に近い存在でありながら、人は人の力のみで生きるべしとして、帝国領内から神の威光を消し去ったのです。そのために神殿の地位は下がり、巫女や神官の数は減り続けている。帝国の心ある巫女と神官達は未来を憂えて我々に助けを求めてきました」

「助けを求められて、どうするつもりなの？」

「教会に助けを求めざるを得ない世の中をつくるのですよ、ロゼッタ様」

　そう言ってドミニクは笑みを深めた。それは笑顔でありながら、凶相だ。

「そのために邪神に子ども達の命を捧げているのですが、帝国側に漏れてしまったようでしてねえ。かつて自分の村の人身売買を告発に来た女を取り逃がしたせいでしょうか？」

　ヒューレートは、ロゼッタの知る三つ目の天啓の場は邪教徒の儀式の場だったと言った。

　制圧するために騎士団を連れていくと。

　その儀式の場で何が行われているのかを言わなかったのは、ヒューレートの優しさか、あるいはロゼッタなどいちいち説明しなくてはならないほどの相手ではないからか。

　そしてロゼッタの中で、情報と情報とが、繋がった。

「だから、神が癇癪を起こしかけているのね……ダンジョンから魔物があふれようとしているのね!?　子どもの命を奪う、あなたのような人間がいるから！」

「そう、我々は邪神に子どもの命を捧げることで、ダンジョンを活性化させて、魔物をあふれさせようとしています。魔物があふれる世界では人々は神に、そして教会に救いを求めるより他に道がありません。神獣の子の命を捧げれば、五年は計画を早められるはずでしたが……」

「司教のくせに、なんてことをしているの!?」

「司教だからこそ、神の権威を守るために戦っているのですよ」

「あなたが守ろうとしているのは教会の権威と自分達の欲に塗れた地位よ!!」

そして、星女神は彼らから子ども達を助けようと天啓を下していたのだ。

「そろそろ耳が痛くなってきましたね。連れて行きなさい」

「ふざけないで！　よくもそんなことのために――う」

腹に拳を叩きこまれ、ロゼッタは息を詰めてその場に倒れこむ。

「彼女は色々と使えそうなので、丁重にね」

意識を失う寸前、ドミニクの忌々しい声が聞こえてきた。

○　●　○

「いたた……」

「おねえちゃん、大丈夫？」

ロゼッタが腹痛と共に目を覚ますと、そこは牢屋だった。

小さな明かり取りの窓があるだけの薄暗い牢屋で、中にはボロボロの子ども達もいる。

「私は大丈夫よ……私より、その子はどうしたの？」

六人いる子どものうち一人が、横たわって丸く体をこわばらせている。

「ずっとお腹（なか）が痛いって言ってる」

「ずっと？」

「うん。ずーっと、ずーっと」

日数の感覚がないらしい。子どもだから数えられないのか、数えられないほど長く閉じこめられているのか。どちらにせよ、ロゼッタはそれ以上聞けなかった。

その時、牢屋の外側に男が現れる。

「ロゼッタ様、ご無事ですか⁉　よかったぁ」

「あなた、影？　こんなところで何をしているの？」

「何、ってそれは、ロゼッタ様をお助けしようと――」

「そんなことよりさっさと皇帝陛下を呼びに行きなさい」

「で、ですが……あなた様は陛下の特別な方かもしれませんし、だとしたら置いてはいけません」

ロゼッタは頭痛をこらえつつ言った。

「ドミニクの言葉など、信じてどうするの？　私はそもそも天啓で皇帝の顔を知っていただけ。特別だから教えてもらったわけじゃないの！」

「なるほど、そうだったのですか」

「だから私のことは助けなくていいわ。でも、もし助けられるならそこの子を助けてあげて」

ぐったりと横たわって腹痛を訴えている顔色の悪い子どもを指すと、影は拒んだ。

「いえ、ロゼッタ様とステラお嬢様以外のことはお助けする対象に入っておりませんので」

「ならさっさと報せに行きなさい！　どう考えてもドミニクが皇帝の探している組織の首魁よ！」

「かしこまりました！」

ロゼッタが喚くと、影はすぐに消える。溜息を吐いた彼女は横たわる子どもに近づいた。

子どもの顔色は紙のように白く、唇は青い。

「早くポーションを飲ませないといけないわ……」

「間に合わんじゃろう」

「誰⁉」

ロゼッタが目をこらすと、ロゼッタのいる牢屋の向かい側にある牢屋の闇の中に、みすぼらしい老人が座りこんでいるのが見える。

「その子を助けたければ神聖力で治してやるしかない」

「無理よ。私は聖女じゃないもの」

「天啓を見たと言ったじゃろう？　ならばおまえには聖女の素質がある」

「それは……」

便宜上、天啓という言い方をしているだけで、天啓ではない……はずだ。

だが、ある意味前世の記憶というのは天啓の一種の可能性もある。

「天啓かもしれないものは見たわ。聖女の素質があるならなんでもいいから、どうしたら神聖力でこの子を治せるのか教えてくれない？」

「おまえが聖女なら、その身を、神の力をこの世界に顕現させるための媒体とするのじゃ」

「私の体を……媒体に？」

「そうじゃ。神はその力をそのまま現世には及ぼせない。必ず人を介さねばならんのじゃ」

「でも私、神罰が下るのを見たことがあるわ。嘘偽りを神に誓った司祭に雷が落ちたのよ」

ロゼッタが軽くヴァスコについて説明すると、老人は「それは自害じゃな」と呟いた。

「神に嘘を誓うことで、自分自身を媒介に自分で罰を下したようなものじゃ。なまじ司祭の修行をしているからそうなったのじゃろう。自業自得じゃな」

「あの男、本当に馬鹿だったのね」

「そんなぼんくらのことはいい。目の前の子に集中なさい」

老人にうながされて、ロゼッタは子どもに向き直った。

「おまえ、神の姿を知っているか？」

「知っているわ」

「知るわけないじゃろ！　神の姿を描き出すことは禁止されているんじゃぞ！」

「じゃあなんで聞いたのよ!?」

確かに、教会で絵に描かれるのは聖女や聖者、天使や精霊ばかりである。

神が描かれた姿や像を見たことはない。

「想像させるためじゃ！　神に祈り想像することで神に近づくことができるんじゃ！」

「だったらそう言いなさいよ……」

ロゼッタは文句を言いながら目を閉じて星女神の姿を思い描いた。

乙女ゲーム、『星女神の乙女と星の騎士たち』のパッケージにある、オープニングにも出てきた、星女神と思われる祈りを捧げる神々しい女の姿だ。

「想像できたなら、その神に力を貸してくれるように願え」

指示された通りにした瞬間、ロゼッタの手の中に温かさが生まれた。

目を開けると、ロゼッタの手からきらきらと星のような白い輝きがあふれている。

「それを子どもの患部に注ぐんじゃ！」

ロゼッタは輝きの奔流をその子の腹の上に注いだ。すると、子どもの顔色はみるみるうちによくなっていく。

「ありがとう、聖女様……」

頬に血色の戻った子どもはそう言うと、かくっと力を失った。

眠りに落ちたのだ。腹痛のあまり、これまではろくに眠ることさえできなかったのだろう。

「おまえ……本当にはじめて神聖力を扱うのか？」

「はじめてよ。私、聖女だったってこと？」

「ただの聖女であるものか。おまえは、いや、あなたはまさか――」

向かいの牢屋の老人が言いさした時、牢屋の入り口の扉が開くガチャンという音がした。子ども達が壁際に後ずさりする。

　牢屋に降りてきたドミニクは、ニコニコと場に不釣り合いな笑みを浮かべて言った。

「いやあ、聞いてくださいよロゼッタ様。先程連絡がありまして、ついこの間まで使っていた儀式の場に皇帝の騎士団が乗りこんできたそうです。これ、完全に尻尾を掴まれてるってやつですよね」

　ヒューレートが作戦を決行したらしい。

　だが、あの教会は囮だった。

　ロゼッタは息を呑む。

「だったらさっさと自首したらどうなの！」

「そうですね。最後にもう一度儀式をしたら、そのあとは身を潜めることにします」

　ドミニクがそう言うと、牢屋の扉が開かれた。

　黒ローブの男達が子ども達を引きずり出していく。ロゼッタもまた取り押さえられて牢屋から出され、ドミニクを睨みつけた。

「皇帝はすぐにこの場所も嗅ぎつけるわ」

「きっとそうですねえ。天啓で見えてるんですかねえ」

　ドミニクはまったく焦りのない、気味の悪いほどのんびりした声で言うと、ロゼッタ達を連れていった。

急報　【ヒューレート視点】

「何？　教会はもぬけの殻（から）だったと？」

「はい……直前まで人がいた気配はありましたが……」

「逃がしたか」

「申し訳ございません、陛下」

「いや、おまえ達のせいではない」

森辺の村から住人すべてと子どもを全員帝国に移送した時点で、あちらに伝わっていたのだろう。

「そろそろ宴もたけなわだ。私は一度部屋に下がる。そこで次の指示を――」

言いさしたヒューレートが口を噤（つぐ）んだ。

マントを引っぱる感覚に下を見ると、マントに爪を立ててぶら下がる獣がいる。神獣の子だ。

おそらくこの神獣の子は、ヒューレートがヒューであることに気づいていた。

「コン！　コンコン！」

「なんだ？」

「申し訳ありません、こーてーへーか！　うちの子です！」

駆け寄ってきたステラとトマ。トマはヒューレートが旧知の人物とも知らずに萎縮しているが、ステラはいつも通りの平静な顔だ。だが、その額（ひたい）には汗が浮かんでいた。

何か焦っている――こんな娘のそばに、ロゼッタがいないことが異様に思えた。

そんな自分の思考に呆れつつ、ヒューレートはステラに尋ねた。

「ロゼッタはどうした？」

「それが、ママがいなくなっちゃったの！　ママがどこにいるか、知りませんか!?」

「ステラ嬢、さすがに皇帝陛下に聞くのはよそう。知るわけない。知るわけないから！」

「知ってるかもしれないでしょ！　トマさんは黙ってて！」

ステラが小さな体で大男に怒鳴りつけた時、影が現れた。

人目があるにもかかわらず――だが、それがロゼッタにつけた影だったので、ヒューレートは構わず促す。

「ロゼッタはどこだ？」

「誘拐されました。例の組織の首魁と思われる者に囚われています。かの者達は陛下の思惑に気づき、ロゼッタ様を陛下に対する人質にできると考え、攫ったようでございました」

「……ロゼッタを囮に使ったのか？　おまえは」

「いえっ、お助けしようとしたのですが、いらないからさっさと陛下を呼べと命じられまして――」

「あの女は……」

ギリ、と歯を食いしばったところで、ヒューレートはステラの視線に気づいた。

「ママ、誘拐されたの？」

「……落ち着いているな？　ステラ・シャイン」

濃紺の瞳が顔の見えないはずのヒューレートの目をじっと見上げている。その瞳の中には星の輝きがあり、確かにこの娘こそが星女神の乙女なのだろうと、ヒューレートはまざまざと理解した。

「あなたがママを助けてくれるって、わかったから」

ヒューレートは顔をしかめた。

どうやらこの娘のほうも、ヒューレートがヒューであると理解したらしかった。

星々は惹かれ合うもの——理解し合うもの。

何故なら同族だからだ。ヒューレートは溜息を吐く。

「一緒にロゼッタを助けに行きたいなどと言うなよ」

「わかってる……わたしがいて、もし危険な目に遭ったりしたら、ママが命を懸けちゃうもん」

はあ、とステラも溜息を吐く。

継子にここまで愛されていると自覚させるロゼッタの深い愛がヒューレートにはわからない。

わからないことがもどかしいと感じるようになったのは、いつからだったか。

「ステラ嬢、そんな、失礼ですよ。タメ口はよくないっ」

慌てるトマにステラを押しやり、ヒューレートはセイを見下ろす。

「おまえはついてこい、セイ。主人を助けるために力を貸せ」

「コン！」

力強く返事をすると、セイがヒューレートの肩に跳び乗る。

ヒューレートは神獣との約定のため、そしてロゼッタ奪還のために動き出した。

ロゼッタ達が連れてこられたのは、教会でありながら血なまぐさい聖堂だった。

異様な魔法陣の描かれた床。赤黒い血だまり。

惨劇の痕跡があちこちに残された光景に、子ども達は諦めたようにすすり泣いている。

「あなたの魂は穢れきっているわ……死後は生まれ変わることもできずに地下に落ちるわよ、ドミニク。神はあなたを許さないわ」

「私はそうは思いません。もし神が私にお怒りなら、とっくに神罰を受けているはずです。だが、私はこうして司教になり、枢機卿として教会の運営を任されて、国家の一翼を担っている。私がこんなにも満ち足りた暮らしを送れているのは、神が私をお許しになっている証拠に他なりません」

「ダンジョンの氾濫は神の怒りよ！」

「だとしたら、私にとっては本望ですねえ」

くつくつと馬鹿にしたように笑うドミニクに、ロゼッタは腹が立った。

だがそれ以上に、星女神に腹が立って聖堂の祭壇を睨みつける。

すすり泣く子ども達が邪教徒に乱暴に引きずられて、赤黒く汚れた魔法陣の各所に意味ありげに配置されていく。これを見てもなお何もしない星女神に、ロゼッタは何よりも腹が立つ。

「星女神……どうしてこの男に神罰を下さないのよ⁉　ヴァスコなんてどうでもいい奴に雷を落としてる場合じゃないわ！　どうしてこの邪悪な男を野放しにしているのっ⁉」

理由は先程知った。牢屋にいた老人いわく、神は地上の者に直接干渉できないのだ。

だから、自ら神に嘘偽りを誓ったヴァスコのような愚か者でなければ、神は直接罰せない。

知ってもなお収まらないロゼッタの怒りを、ドミニクはおかしくてたまらないというふうに笑う。

「アハハ、仮にも教会で神を批判するとは豪胆ですねえ！　しかもそれ、大昔に口にすることを禁じられた神の異名ではありませんか。どうしてその呼び名を知っているのです？　皇帝に教えてもらったのですか？」

「皇帝などに教えてもらわなくとも、知っていたわ……！」

「つまり天啓？　もしかしてあなた、聖女なのですか？」

「だとしたらなんだというのよ⁉」

「だとしたら――無垢な子どもよりも価値のある供物になります」

そう言うと、ドミニクはロゼッタの髪を掴んで引っ張った。

「痛い、痛いわ！」

「アハハ！　私は運がいい！　いや、やはり神が私を見守ってくださっているんですねえ！　普通の聖女や聖者は過保護に守られているのでとても供物にできないのですが、こんなところに未認定の聖女がいてくれるとは。私は神に愛されているに違いありません」

「は、離して！　痛いわ！　離しなさいよっ！」

「すぐにあらゆる痛みとお別れできますから、暴れないでくださいねえ」

ロゼッタは引きずられて祭壇に連れていかれた。

美しく整えた髪は崩れ、化粧は剥げ、ステラとお揃いで仕立てた青のドレスはもはや見る影もなくボロボロだ。

祭壇に放り投げられ体を固い地面に叩きつけられ、しばらく息ができずに咳きこむ。

「私とは違う神を信仰する同志達よ。今宵は月も星もない、最高の夜です。ですが、神獣に手を出したことで帝国が出てきてしまったのは誤算でしたね。これにて儀式は一旦打ち止めとなりますので、最後に盛大なる儀式を行いましょう」

床に俯せていたロゼッタの髪を掴んで、無理やり仰向かせる。

ロゼッタの喉笛に短剣を宛がおうとした瞬間、ドミニクはその短剣を取り落とした。

「おや——？　グハッ!?」

背後からドミニクの声が聞こえた直後、ロゼッタの髪を掴んでいた手が離れ解放される。

倒れこんだロゼッタのもとに誰かが駆け寄ってきて、その体を支え起こした。

「ロゼッタ！　無事か！」

「……皇帝、陛下？」

「五体満足だな。ならばいい」

ロゼッタの肉体的な損傷が軽微であることを確認するや、ヒューレートは興味を失ったように離れていく。思わず、ロゼッタはむっとした。

「もう少し心配してくれたっていいじゃない」

呟いたあとで、馬鹿な望みだと溜息を吐く。

ヒューレートはロゼッタを好きだというそぶりを見せたが、そんなの彼女の愛娘である星女神の乙女、ステラを我が物にするために決まっている。ロゼッタがステラに手出しをさせないように誓わせたから、代わりにロゼッタを手に入れようというのだろう。

ゲームでは確かに積極的にステラを手に入れようとはしていなかった……けれど、完璧主義者のヒューレートがステラ以外の者であるロゼッタに興味を抱く理由などないのだから。

「クゥン」

「えっ？　セイも来てくれたの？」

ヒューレートばかり見ていたロゼッタが遅れてセイに気づいたのを見て、セイは拗ねたようにロゼッタに頭突きをしてくる。痛くはないが不満な様子に、ロゼッタは苦笑した。

「気づかずごめんなさいね……あなたが来てくれたのだから、もう安心ね」

「コン！」

「あなたはきっと心配してくれたでしょうね。ありがとう、セイ」

「コーン！」

邪悪な儀式の会場は、あっという間に雪崩れこんできた騎士達によって鎮圧されていった。

帝国騎士だけではなく、王国騎士もいる。ヒューレートはグラン王国の国王に協力を要請したのだろう。

そして、あまりにもあっけなくロゼッタ達は助け出された。

すべてが終わる頃には、夜が明けていた。

「ロゼッタ様、大変な目に遭われましたね」

「毛布をありがとうございます、グラシアナ様」

ボロボロの姿を隠せるように毛布を持ってきてくれたグラシアナに、ロゼッタは心からお礼を言う。改めて考えると、ロゼッタはひどい格好をしていた。

髪を掴まれていたのでボサボサだし、化粧は剥げてそばかすもあらわで、ドレスは千切れ、血で汚れた床を引きずられたので赤黒く汚れている。

こんな姿をヒューレートに見られたのだと思うと、もっと心配してほしいだなんて思い上がった自分がまずまず恥ずかしい。

だがむしろ、こんな姿を見せた以上、諦めもつきやすい。

ロゼッタが溜息を吐いていると、教会から縄で繋がれた邪教徒達が引きずり出されてきた。

その最後尾にドミニクがいる。

彼だけは何故か、王国騎士達に囲まれてはいたものの、縄に繋がれてはいなかった。

「どうしてあの男は縄に繋がれていないのですか？」

「それは……」

ロゼッタの問いにグラシアナが顔をしかめた時、聞いていたらしいドミニクが足を止める。

「私は逮捕されないからですよ、ロゼッタ様」

「……は？」

唖然とするロゼッタに、グラシアナが苦々しい表情で言った。

「王国の教会の枢機卿には、免罪特権があるそうです……」

「免罪……特権？」

「神の愛で私のあらゆる罪は許されるのです。私はそういう特別な立場なのですよ」

そう言って、王国騎士達に囲まれた――守られたドミニクはにんまりと笑った。

この男を知らない者からみれば柔和な笑みに見えただろう。

だがロゼッタには、卑劣で下劣な笑みにしか見えなかった。

だから、この男は不気味なほど余裕で呑気に見えたのだ。

たとえ悪事が露見して囚われたところで、罪に問われることはないと知っていたから。

「ほとぼりが冷めるまで、私は総本山にでもいって修行しようかと思います。いずれ私が神のために戦っていただけだと、皆様にもおわかりいただけるでしょう」

ほとぼりが冷めたらこの男は一体何をするつもりなのか。

決まりきっている。最後の儀式とやらを決行しようとした時に言っていた。

儀式は『一旦』打ち止めにする、と。

つまり、ほとぼりが冷めたあとにこの男はまた邪神を活性化させようとしている。ダンジョンを氾濫させようとするつもりでいる。

そうなれば国が滅びかねないのに、その状況なら人々が教会にすがるしかなくなり、教会の権威が強まるから。

教会が星女神の乙女を見つけ出し、神の名のもとに国を救うように使命を与えれば、より一層教会の地位は盤石なものとなるだろう。

そんなおぞましい策略に、ステラを巻きこませるわけにはいかない。

「ロゼッタ、様？」

何かに気づいたかのようにグラシアナがロゼッタの名を呼んだ。

だが、ロゼッタは食い入るようにドミニクを見すえていたため、気づかなかった。

「星女神――きっとあなたは見ているわよね？　この声、聞いていないだなんて言わせないわ」

ロゼッタの心は星女神の姿を思い描いていた。

神の姿を思い浮かべて祈ることで、神に願いが届くと牢屋の老人が教えてくれた。

まるで何かに惹かれるかのように、人々が足を止め、ロゼッタに視線が集まりはじめる。

星女神の力が作用する時、たとえ特別な人間でなくても何かを察するのだろう。

孤児院で、ヴァスコに神罰が下った際もそうだった。

「おいロゼッタ！　何をしている⁉」

特別に星女神に寵愛され星になぞらえられるほどの人間なら、なおさら強く察するだろう。

ヒューレートが人混みを割って、ひどく慌てた様子で近づいてくる。

ロゼッタはドミニクに吸い寄せられるように向けていた視線を、ヒューレートに向けた。

「――星女神に祈っているわ」

「今あなたがしようとしていることをやめろ、ロゼッタ。神の力を借りることは、人間の体には負担だ！　ましてあなたはたかだか天啓を思い浮かべたくらいで神聖熱を出した！　その体の神聖力との親和性は低い可能性が高い！　死ぬぞ！」

妙に必死な彼から視線を外し、ロゼッタは再びドミニクを見た。

ドミニクの笑顔は、いつの間にかひどく引き攣ったものに変化していた。

「な、何をしようとしているのですか、ロゼッタ様？　わ、私は司教ですよ？　枢機卿なのですよ？　大司教から免罪特権をいただいているのです。わ、私を裁ける法などこの世にはないし、私は許されたのですよ⁉」

ロゼッタが何をしようとしているか、自分の身に一体何が起きようとしているのか。

説明せずとも、すでに察しているらしい。

「この身がどうなったって構わない。私の可愛い娘が生きていくこの世界におまえはいらないわ、ドミニク」

「やめろ、やめろやめろやめろやめろやめろやめろ！　ヤメローッ‼」

ドミニクが醜く動揺し喚き散らす。

困惑顔の王国騎士団がドミニクを庇うように壁になったが、ロゼッタはその壁を見透かすように、ドミニクを指差した。

その瞬間、ドミニクに雷が落ちる。

「ギャアアアアアアアアアアアアアアアアアアアアアアアアアア!!」

ロゼッタの上に、白い光が降りそそぐ。

白い光に体中が満たされる感覚は、ほとんど恍惚に近かった。これまでに感じたことのない万能感に支配されながら、それでもロゼッタはドミニクを指差すのをやめない。

その光はロゼッタの体を通して空に還り、白い雷となってドミニクの上に降りそぐ。

白い雷は空から帯のように降りてきらきらと輝き、長くドミニクの上に留まり続けた。

焼かれ、焦げて、異臭を放ちながらも、なかなか死ぬことができずにドミニクは絶叫し続けた。

ドミニクの体が足元から螺旋状に裂けて、血が噴き出す。

まるで冥府の鎖が伸びてドミニクの体に巻き付き、地下に連れていこうとしているかのようだ。

ドミニクが静かになるまで見届けたロゼッタは、ほっと息を吐いて空を見上げる。

無数の星が瞬く夜明けの空を見つめながら呟いた。

「いいざまだけどグロすぎるわよ、星女神様……ここにステラがいなくてよかったわ」

そういえば、子ども達の姿もない。

孤児院での反省を生かしたの？

そう心のうちに思いつつ、ロゼッタは襲いくる猛烈な疲労感に任せて目を閉じた。

○
●
○

「ロゼッタ様、あなたが死ななかったのはたまたま神の望みとあなたの望みが完全なる一致をみたためでしょう。そうでなければあなたの体は神の力の負荷に耐えきれず崩壊していたはずですぞ」

「まあ、そうなの？」

つまり、星女神も思っていたのだろう。

愛する娘である星女神の乙女であるステラのいる世界に、あんな男はいらないと。

「神様の気持ちわかりすぎるわ〜」

「ロゼッタ様!!」

ベッドの上のロゼッタを叱（しか）るのは、ドミニクに囚（とら）われていたあの老人である。

今は司教の法衣の上に大司教であることを表すストールをかけ、杖（つえ）を手にしている。

修行の最中死んだと思われていた前大司教パブロが実は生きていて、ドミニクに囚（とら）われていたことが発覚したのだ。

その後釜の座に入った現大司教はドミニクの関係者であることが判明し更迭（こうてつ）されている。

「二度とお命を粗末に扱いませんように。あなたに神聖力の扱い方を教えてしまったこの老人に後悔をさせないでいただきたい」

「大司教猊下、そのように丁重に接していただかなくて結構です。私はしがない男爵家の夫人ですもの」

「しかし、聖女でもあらせられる」

「聖女は大司教猊下にとっては部下のようなものでしょう」

大司教は基本的に聖者と聖女で構成された司教の中から選出された存在で、その地位は国王に匹敵する。

ロゼッタがその丁重すぎる扱いに冷や汗をかくも、パブロは態度を改めるつもりはないようだ。

「あなたはおそらくただの聖女ではございません」

「いえ、ただの聖女ですよ。聖女という身分すら分不相応なくらいですわ」

「あなた様がそう思いたいならそう思っているがよろしい」

以前、ヒューレートは古い預言があると言っていた。星女神の乙女の預言を大司教も知っているのだろう。

だが、ロゼッタは星女神の乙女などではない。

違うのだが、それを言うわけにはいかなかった。

ヒューレートと違って、大司教パブロは星女神の力を信奉している。

おそらくは、ロゼッタは星女神の姿を思い浮かべるのが他の人より上手かったのだろう。知っているのだから当然である。

だから奇跡を起こせただけなのにこの扱いをするパブロが、ステラを普通の子どもとして扱って、ただびととしての幸せな人生を過ごさせてくれるはずもない。

「お言葉から察するに、私って罪に問われないのでしょうか？」

目覚めてから、ロゼッタがずっと気にしていたのは、免罪特権を持つ枢機卿にして司教のドミニクを殺害したことで、罪に囚われるか否かだった。

「まさか、一体なんの罪に問われるというのです？」

「ドミニクを殺した罪ですわ」

「ドミニクには神罰が下ったのです。それを大勢の者が見ていました。あなた様は確かに悪に神罰が下るように神に祈った。それを誰が人間の法で罪に問い、罰することができるでしょうか？」

「……そういう理屈になるのですね」

「理屈も何も、あたりまえのことですぞ」

この世に人の法で罰せられない悪があるのなら、星女神の神罰はまさに救いだった。

その救いはもはや、帝国にはない。

だがそんなこと、ロゼッタにはどうでもよかった。

「罪に問われないなら、ステラに会えるわ」

ロゼッタは胸を撫で下ろした。

人殺しと呼ばれるのなら、ステラを人殺しの娘にするわけにはいかない。だからロゼッタは目が覚めて以降、身の回りの世話をするマヌエラ以外の人間との面会を拒み続けてきた。

「お見舞いにきてくださってありがとうございます、大司教猊下。おかげで肩の荷が降りました」

「ロゼッタ様、落ち着いたら教会の門を叩いてください。我々はロゼッタ様の帰還を心よりお待ちしておりますぞ」

ロゼッタを星女神の乙女と勘違いして言う大司教に、彼女はにっこりと微笑む。

「聖者でも聖女でもない司教がみないなくなった教会でしたら、考えさせていただきますわ」

「……それはなんとも、無理難題をおっしゃる」

パブロは情けない顔をした。

現在、グラン王国の教会では修行さえ積めば神に寵愛される聖者でも聖女でもない、ただの人間でも司教になれる。その修行は金やコネで短縮することも簡単にすることも可能だ。

ドミニクは、そうやって司教、枢機卿まで成り上がった男だった。

「教会とはいえ俗世の影響を受けずにはいられません。しかし、人事を尽くさせていただきましょう」

「応援しておりますわ」

ロゼッタが軽く言うと、パブロは溜息を吐いて去っていった。

要望したロゼッタ自身も要望が叶うとは微塵も思っていないことを察したのだろう。

パブロを見送ると、ロゼッタは顔を輝かせてマヌエラに命じる。

「ステラを呼んでちょうだい！」

「やっとお会いになる気になったのですね。ステラお嬢様は首を長くしてお待ちですよ」

「だって、ステラを人殺しの母親を持つ娘にするわけにはいかないじゃない？　ちゃんと無罪が確定してからじゃないと会えないわよ」

「有罪になったらどうするおつもりだったのです？」

「その時にはステラのもとから去るつもりだったわ。当然でしょう？」

ロゼッタの言葉に、マヌエラは溜息を吐いた。

「ロゼッタ様は悪い母親でいらっしゃいます」

「えっ⁉ 私、至らない母親かしら⁉ 何が足りていないの⁉ 教えてちょうだい！ ねえっ！」

ロゼッタの問いを黙殺してマヌエラは部屋から出ていくと、すぐにステラを連れてくる。

「ママ！」

ステラは叫ぶと、ベッドの上のロゼッタに飛びついた。

「久しぶりね～、ステラ。会いたかったわ」

「わたしもだよ、ママ。とっても会いたかった……なのに目が覚めてもわたしのこと、避けたね？」

ステラはロゼッタに抱きついた格好でじろりと睨む。

はじめて向けられる類の眼差しである。

ロゼッタはコアラのようにくっついたステラを抱いたままたじろいだ。

「えっとぉ、それはね、仕方なかったのよ……ねっ？」

「何が仕方なかったのかなぁ……ママ、もし王国法で有罪になったら、わたしを置いて出ていく気だったんだってね？」

「マヌエラ⁉」

「私、次期シャイン男爵であらせられるステラお嬢様に仕えておりますので、ステラお嬢様に聞かれればお答えせざるを得ません」

「そうね！ 私よりもステラ優先！ いい心がけだけど……だけどねえ⁉」

「それだけじゃないよ、ママ」

葛藤するロゼッタを見上げる、ステラの攻勢は止まらない。

「わたしのために死のうとしたって聞いた」

「ご、誤解よぉ」

「命を懸けたって、聞いた!!　わたしがお母さんを亡くして辛い思いをしたの、知ってるくせに！　お父さんを亡くして、辛くてたまらなかったの、知ってるくせに!!」

ステラが涙を流して叫ぶため、ロゼッタはもう誤魔化しの言葉を口にすることはできなかった。

「わたしがママのこと大好きだって知ってるくせに!!　どうしてそんなことをするの!?」

「ステラ……」

ロゼッタを睨みつけながらボロボロと涙をこぼすステラに、胸がしめつけられる。

「ごめんなさい、ステラ。あなたの気持ちを蔑ろにしてしまったわね」

「悪いと思うなら、約束して！　二度と命を懸けたりしないって！」

「……ごめんなさい、ステラ」

「どうして約束してくれないの？　ママの馬鹿っ！」

「馬鹿なママでごめんなさい」

でも、ステラを助けるために必要ならば命を懸けずにはいられない。

どうせ守れない約束でも口先だけでしようかと思ったものの、きっとこんなにも鋭い目をしているステラにはバレるだろうと思い、ロゼッタは正直に謝る。

ステラはわなわなと震えた。

「ッ、だったら！　わたしのために全力で生き残るって、約束して‼」

「そうね、その約束なら守れそう……約束するわ」

「……守らなかったら大変なことになっちゃうんだからね」

ステラはおどろおどろしく言うと、ロゼッタの上から降りた。

「ヒューさん、入って」

「えっ？」

ロゼッタはベッドの上で姿勢を正し、申し訳程度に襟を整える。

入ってきたヒューレートは商人の格好をしていて、ひどく不満げな顔をしていた。

「ママ、ヒューさんもお見舞いに来てくれたんだよ」

「そ、そうなの。……ありがとう、ヒュー？」

ステラの手前、ロゼッタは皇帝ヒューレートではなく商人のヒューにお礼を言った。

ヒューレートはつかつかとロゼッタのベッドまで歩み寄ると、むすっとした顔でロゼッタの顔を覗きこむ。すっぴんの顔を見られたくないなと思いつつ、ロゼッタは顔を微妙に逸(そ)らした。

「私、取るに足らない問題ぐらい、自分で解決しろとあなたに言いましたよね」

「え？　ええ。そうね。それが何か？」

質問の意図が掴めず、ロゼッタはちらりとヒューレートを見やる。

その時はじめて、彼の目元が赤いことに気がついた。

瞳の色だけではなく、まるで泣いたかのように腫(は)れている。

「だからって……あんな解決の仕方がありますか⁉　あの男が目障りで、この世から消したいなら、暗殺でもなんでも、他にやりようがいくらでもあるでしょう⁉」

「ヒュー、待ちなさい。ステラが聞いているのよ？」

「わたしもヒューさんに賛成。あんな奴、暗殺すればよかったんだよ」

ステラは親指で首を掻き切る動作をしながら賛成した。

法では裁けない悪がいたとしても、排除する方法はいくらでもある。神の救いがなくてもできる、人のやり方だ。

ロゼッタはハードボイルドなステラも可愛いくてかっこいいと思いつつ、涙ぐんだ。

「あなたのせいでステラがすごいことを言い出したじゃない！　そんなステラも可愛いけど！　一体何が言いたいのよ⁉」

「もう、馬鹿みたいに矮小で取るに足らない問題でもいいですから……私を頼ってください。私が解決してあげますから」

「はあ？」

ロゼッタが思いきり怪訝な顔をすると、ヒューレートは忌々しげな表情で叫んだ。

「あなたを好きになってしまったんですよ！　取るに足らない平凡な人間だというのに血も繋がらない娘を愛し、見も知らぬ子どものために泣き、慈しむあなたという人を、私は好きになってしまった！　あなたは私が会いたがっていた人はステラ嬢だと言いましたけど、違います。――幼い頃から私が会いたがっていたのは、私の後ろに神がいると知っても神など気にせず、ただの人である私を慈しんでくれる人だった‼」

「そ、それは——」

「ステラ嬢を取りこむための罠ではないと神に誓えば信じますか⁉　私が愛しているのはあなただと！　あなただけを生涯愛すると誓えばいいですか⁉」

「やめてちょうだい。誓わなくていいから」

「それは、私の想いを信じてくれるってことでいいんですよね」

ヒューレートは心底気に食わないという顔をして、ロゼッタを睨んだ。よく見ればその頬がうっすらと赤らんでいる。ロゼッタは早くなりはじめた心臓の鼓動を意識しつつも、目を逸らした。

「……あなたの妻になるわけでもないし、生涯愛するとか誓われても困る、わ」

「あなたには私の妻になってもらいますよ」

ヒューレートは皇帝である。その妻は、皇后となる。

皇后とは社交の中心であり頂点で、強い政治力が必要であり、外交においても重要な役割を担う存在である。

家族とのいざこざすら自分だけの力では解決できず、異母妹の悪意ある噂に潰されかけるような社交能力皆無のロゼッタには、どう考えても荷が重い。

「冗談よね？　本気なら普通にお断りするわ」

「どうしてですか？　あなたは私のことが好きだと言ったではありませんか」

「あなたの妻の座なんか私には荷が重すぎるって、あなただってわかってるでしょう⁉　やっぱり、これ、罠よね？　私ではなくステラが目的なんでしょう⁉」

「それはないよ、ママ」

ロゼッタとヒューのやりとりをじっと見ていたステラが、不意に口を挟んだ。

「ママが持ってるものが欲しくてママと結婚しようとするなんて、わたしが絶対に許さないよ。わたしがヒューさんの求婚を許してるのは、ヒューさんがママのこと、本気で好きだからだよ」

「え、ええ……？」

ステラの言葉なら、いついかなる時でも完全に信じるロゼッタである。情けない声をあげてみるみるうちに顔を赤くするロゼッタを見て、ヒューレートはベッドの端に突っ伏した。

「私の言葉は信じないくせに、ステラ嬢の言葉は信じるなんて……！　こんなに悔しいのは生まれてはじめてですよ……！」

「ふふん。ママがいくらヒューさんを好きでも、ママが世界で一番好きなのはわたしだもんね」

「キィー！」

気安くやりとりしながらも妙に打ち解けたステラとヒューレートの姿に、ロゼッタは困惑した。

「ステラ……まさか、ヒューの秘密を知っているの？」

「ママがいけないんだからね」

そう言って、ステラはじろりとロゼッタを睨んだ。

「わたしだってママを助けに行きたかったけど、そうしたらママが私を守るために無茶しちゃうだろうと思ってぐっと我慢して待ってたの。それがママを守ることになるって信じてたのに、それでもわたしのために死にかけたってあとから聞いたんだよ？」

「それはその、ごめんなさいね」

「だったらママを守るために、圧倒的な力を手に入れるしかないじゃん」

「んん？」

聞き捨てならないステラの台詞(せりふ)に、ロゼッタはごくりと息を呑(の)んだ。

「なんですって？」

「だから、皇帝陛下に交渉(こうしょう)を持ちかけたの。どんな手を使ってでもママを守るための力が欲しいから助けてと言ったら、ヒューさんはわたしが何者なのかと、力を得る方法を教えてくれた」

「な、なんですって⁇」

ロゼッタがヒューレートを見やると、彼は肩を竦(すく)める。

「ロゼッタ様、私はあらゆる意味でステラ嬢に手出ししないと誓いはしましたけど、ステラ嬢を助ける時は例外だと言いましたよね？　つまり私は、ステラ嬢に助けを求められたのでそれに応えただけというわけです」

「あなた、ステラに何をしたのよ⁉」

ロゼッタがヒューレートの襟首を掴んで揺さぶると、彼は淡々と応えた。

「ステラ嬢をレガリア帝国の皇太子として迎え入れることをお約束しました」

「それはあなたの――あなた達の希望ではなくて⁉」

「違うよ、ママ。わたしの望みだよ」

「だって、ママはわたしのためなら神様にだって喧嘩を売っちゃうでしょ？　だから、わたしは神様を敵に回してでも勝てるだけの力を手に入れなくちゃいけなくなったんだよ。帝国の権力は手に入れたけど、それで足りるかなあ」

はあ、とアンニュイな溜息を吐くステラに、ロゼッタは頭を抱えた。

ステラ本人が望むのなら、どんな望みだって叶えてあげたい。

そして帝国の皇太子になって権力を得たいという欲求の理由は明らかに私的で、どう見ても誰かに強要されたわけではなかった。

だけどその理由が自分だということに、ロゼッタは頭痛を覚えずにはいられない。

ステラの平穏な人生を守りたかったのに、親の心子知らずとはこのことか。

「そ、そりゃあ、ステラと神を天秤にかけたら、ステラを選ぶけれど、だからって敵に回さなくてもよくないかしら？　わたし、神を敵に回す予定なんてなくってよ？」

「ママのことだからわかんないもん。だからわたしは、力が欲しい」

ある意味、ロゼッタは完全にステラからの信頼を失っていて涙した。

「ロゼッタ様が私の后にふさわしくないことなんて私もわかりきっています。けど、ステラ嬢という星女神の乙女が我が国の救い主となることと引き換えに己が母を皇后とすることを要求しているという体で、帝国では内々に話が通りましたので」

「勝手に通さないでくれる……!?」

「ステラ……」

ロゼッタがヒューを睨みつけると、ステラがロゼッタの手を掴んだ。

「ママ、大丈夫。この話はまだ仮なんだよ。ヒューさんがある条件を満たさないと、ママは皇后になんかならないし、わたしも皇太子にならないの」

「条件って？」

「ママがヒューさんと結婚したいって思うくらい、ヒューさんがママに好きになってもらうこと。ママを守る力も大事だけど……ママの気持ちも、同じくらい大事だからね。でもヒューさん、ママはまだそこまでヒューさんのこと、好きじゃないみたい」

「改めて言われなくてもわかってますよっ！」

おどけているだけなのか本気なのか。半泣きで叫ぶヒューに、ステラは肩を竦めた。

「それじゃ、もっと頑張らないとだね？」

「……はい」

ステラにやりこめられてうなだれるヒューは、やがて顔を上げ、赤い顔をしてロゼッタを睨んだ。

「そういうわけだから覚悟しろ、ロゼッタ」

「いきなり皇帝の口調はやめて!?　頭がおかしくなるわ！」

髪色に負けないほど顔を真っ赤にするロゼッタに、ステラは白い目を向けた。

「ママって偉そうな口調の人が好きなの？　わたしはきら～い」

「ステラはそのまま育ちなさい。いい調子よ」

ロゼッタも、ステラに偉そうな態度を取る男がいたら大嫌いである。

「私のことはパパと呼んでいいぞ、ステラ」

「ママに偉そうにする人、パパなんて呼ばな～い」

「……敬語でしゃべります」

ヒューはそう言うと、ロゼッタを見つめた。燃えるように赤い、炎のような色の瞳だ。

「そういうことになったので、よろしくお願いしますね？　ロゼッタ様」

「こんなの、おかしいわよ。絶対におかしいわよ……！」

「ママ、大丈夫。難しく考えることないよ。ヒューさんが好きなら結婚すればいいし、それほどでもなければぽいって捨てちゃおうね」

「ひどすぎる扱い！」

「ママを守る力は必要だけど、他にも方法はいくらでもありそうだからね」

自らが星女神の乙女であることを知ったステラがどんな方法があると考えているのか、ロゼッタはまだ聞く勇気がわかなかった。

「そういえば、他のみんなもママのお見舞いがしたいって言ってたよ！」

ステラは笑顔で言うと、パタパタと駆け出して部屋を出ていった。

後に残されたロゼッタの名を、ヒューレートが呼ぶ。

「……ロゼッタ様」

「あなたに様付けにされるの、絶対におかしいわよ！」

「では、ロゼッタと呼ばせていただきます」

敬語のまま、ヒューレートがロゼッタを呼び捨てにする。

おかしな感覚に、ロゼッタはクラクラした。

「改めて言います。あなたが好きです、ロゼッタ」

「ステラが嘘吐くはずがないって思ってるのに、信じられない……」

「どうしてです？」

「だって私、正直に言って、能力らしい能力もないし」

とは言いつつ、最近、聖女の力を手に入れた。そばにステラやヒューレートがいるので、星女神の眼に留まる機会が増えたためだろうかと予想している。

「それにっ、クリスティナみたいに可愛くないもの。顔はそばかすだらけだし、キツい目をしているし、痩せてて、女としての魅力なんか何もなくて――」

自虐があふれて止まらないロゼッタの顎を捉えて、ヒューレートは上向かせた。

「手始めに、あなたの星のようなそばかすに、順番にキスをしてやりたいと思っていることをお伝えしておきましょう」

「……そばかすを星にたとえるなんて、ステラと同じことを言うのね」

「またあの小娘に先を越された……！」

悔しがるヒューレートを見ていたロゼッタは、思わず噴き出す。

「星女神に愛されたあなた達がそう言うのなら、本当に星なのかもしれないわねっ」

花が咲くような笑みを浮かべたロゼッタに、ヒューレートはぎりっと奥歯を噛みしめた。

「本当に、あなたの顔中にキスをしてやりたいんですよ……あなたは絶世の美女でもなんでもないというのに……どうしてこんな気持ちになるのか、私だってわけがわかりませんよ……！」

「あはは……」

「笑いごとじゃありませんよ！　帝国にとって最高の女性を見つけ出して結婚しようと思っていたんですよ、私は！」

「だから未来のあなたはステラと結婚したのよ」

ロゼッタは不思議と気負うことなく己が見た未来のうちの一つをヒューレートに告げた。

目を瞠ったヒューレートは、やがて溜息を吐く。

「あなたの警戒の理由は、それですか……なら、警戒して正解ですよ。どうせ未来の私がステラ嬢を選んだ理由は、その能力を手に入れるためです。愛なんてカケラもないでしょう」

「どうしてそう言い切れるの？　ステラは素敵な女性になるわよ」

「私の好みはくだらないことに悩んで、手がかかって、面倒で、可愛げなく、頭が痛くなるような女だからです——イテッ」

ロゼッタはヒューレートの手の甲をつねってから、破顔した。

「それなら、うちの最高に可愛いステラはあなたの好みではないわね」

我知らず甘い声で言うロゼッタに釘付けになったヒューレートの視線に、ロゼッタも気づく。

自然と二人の顔が近づいていき、もう少しで重なろうという瞬間に、ステラと愉快な仲間達が部屋に雪崩れこんできた。

この作品に対する皆様のご意見・ご感想をお待ちしております。

おハガキ・お手紙は以下の宛先にお送りください。

【宛先】

〒150-6019 東京都渋谷区恵比寿 4-20-3 恵比寿ｶﾞｰﾃﾞﾝﾌﾟﾚｲｽﾀﾜｰ 19F
(株) アルファポリス　書籍感想係

メールフォームでのご意見・ご感想は右のＱＲコードから、
あるいは以下のワードで検索をかけてください。

ご感想はこちらから

推し（お）ヒロインの悪役継母（あくやくままはは）に転生（てんせい）したけど
娘（むすめ）が可愛（かわい）すぎます

山梨ネコ（やまなし ねこ）

2025年 3月 5日初版発行

編集－黒倉あゆ子
編集長－倉持真理
発行者－梶本雄介
発行所－株式会社アルファポリス
〒150-6019 東京都渋谷区恵比寿4-20-3 恵比寿ｶﾞｰﾃﾞﾝﾌﾟﾚｲｽﾀﾜｰ19F
TEL 03-6277-1601（営業） 03-6277-1602（編集）
URL https://www.alphapolis.co.jp/
発売元－株式会社星雲社（共同出版社・流通責任出版社）
〒112-0005 東京都文京区水道1-3-30
TEL 03-3868-3275
装丁・本文イラスト－祀花よう子
装丁デザイン－AFTERGLOW
（レーベルフォーマットデザイン－ansyyqdesign）
印刷－中央精版印刷株式会社

価格はカバーに表示されてあります。

落丁乱丁の場合はアルファポリスまでご連絡ください。

送料は小社負担でお取り替えします。


ISBN978-4-434-35362-8 C0093